Oliver Hoffmann

Mimenmord

Ein Mannheim-Krimi

Titelfoto: ANNA
Lektorat: Lisette Buchholz
Satz & Gestaltung: Verena Kessel

ISBN Taschenbuch 978-3-86476-039-6
ISBN E-Book EPUB 978-3-86476-618-3
ISBN E-Book PDF 978-3-86476-619-0

Seit 1542

Verlag Waldkirch KG
Schützenstraße 18
68259 Mannheim
Telefon 0621-79 70 65
Fax 0621-79 50 25
E-Mail: verlag@waldkirch.de
www.verlag-waldkirch.de

Oliver Hoffmann

MIMEN MORD

Ein Mannheim-Krimi

Verlag Waldkirch

Gewidmet den Toten des Naziterrors in Mannheim
und den Toten des Jahres 2013

Vorwort des Autors

Als ich vor anderthalb Jahren den „Facebook-Killer" schrieb, dachte ich, aller Anfang sei schwer. Heute weiß ich: Einen zweiten Krimi zu schreiben ist noch schwerer. „Mimenmord" hat einige Metamorphosen durchgemacht, bis das Manuskript da war, wo es am Ende landete, und dabei allen Beteiligten allerlei Überraschungen beschert. Nicht alle waren angenehm.

Wie immer, wenn man sich mit historischen Fakten befasst und sie mit Phantasie anreichert, habe ich mich auf einen schmalen Grat begeben. Sie, verehrte Leser, werden auf den folgenden Seiten dreierlei Sorten von Charakteren begegnen.

Die einen sind historische Persönlichkeiten, deren Position im Dritten Reich feststeht – wenn man über Hans Filbinger oder den Mannheimer Oberbürgermeister Carl Renninger spricht, weiß man, worum es geht. Sie agieren hier im Mimenmord unter ihrem Klarnamen, genau wie umgekehrt einige Helden der Region, etwa mein persönlicher Küchengott Gregor Ruppenthal, die keinen Grund haben, ihren Namen zu verstecken. Andere Personen von damals wie von heute habe ich teils vorsichtshalber, teils aber auch, um den geneigten Leser zum Rätselraten einzuladen, zur Kenntlichkeit verfremdet – mögen die historisch Interessierten und die Mannheimkenner hier auf Spurensuche gehen. Die dritte Kategorie sind die Personen, die ich frei erfunden habe.

Auch wenn es schade ist: Leo Lessing gibt es nicht.

Ach ja – die kriminell agierenden Personen und Vorgänge dieses Romans sind natürlich frei erfunden. Sollte jemand meinen, sich wiederzuerkennen: *tant pis*.

Nachdem dies also klargestellt ist, scheint es mir mehr als angebracht, einigen Leuten zu danken, die Leo Lessing und mich auf diesem Weg begleitet haben und in rauer See das Schiff auf Kurs halten halfen:

Julia Becker war mir wie immer erste und beste Testleserin und hatte einige Stolpersteine für den armen Leo Lessing parat, auf die ich selbst nicht gekommen wäre. Liebe geht raus!

Meine Verlegerin **Barbara Waldkirch** hat immer an dieses Buch geglaubt und Leo Lessing vom ersten Augenblick an gemocht.

Silja Wielsch und **Sebastian Schneider** haben mir mit Rat und Tat zur Seite gestanden, wenn es um Medizinisches ging.

Igor Holland-Moritz hat mich an seinem Wissen übers Theater teilhaben lassen und mir wichtiges Feedback gegeben.

Lutz Wengler und sein Team haben mir Einblicke hinter die Kulissen des Nationaltheaters ermöglicht.

Vivian Kanner hat mir eine Frage zur jüdischen Kultur beantwortet, obschon wir einander persönlich gar nicht kennen (das holen wir nach, Vivian!).

Lisette Buchholz hat dem Manuskript den letzten Schliff gegeben und lieh einem meiner Charaktere ihren Nachnamen.

Und nun: Vorhang auf für den **Mimenmord**.
Oliver Hoffmann, 1. 7. 2013

Prolog: Brandzeit

Opéra Garnier
Paris
13. 3. 1941

Helllichte Flammen durchlohten das neobarocke, üppige Prachtgebäude am rechten Ufer der Seine. Lichte Brunst umgab Wotan mit wildem Flackern. Er wies mit seinem Speer in Richtung der Felskante, und die Flammen wichen zurück in den Hintergrund, wo sie nun einen Bergsaum umloderten.

„Wer meines Speeres Spitze fürchtet, durchschreite das Feuer nie!“, donnerte die Baritonstimme des Allvaters gebieterisch. Er streckte den Speer wie zum Bann aus, dann blickte er schmerzlich auf die ermattet niedergesunkene Brünnhilde, wandte sich langsam zum Gehen und sah dann noch ein letztes Mal zurück, ehe er durch das Feuer verschwand.

Der prachtvolle, mit Goldborten und Pompons bemalte tiefrote Samtvorhang fiel.

Donnernder, stehender Applaus durchbrandete das ganz in Gold und Rot gehaltene Auditorium. Die 1.900 Sitze des hufeisenförmigen, im italienischen Stil gehaltenen Zuschauerraums mit der prachtvoll ausgemalten Decke und den gewaltigen Kristalllüstern war bis auf den letzten Platz besetzt. Damen in eleganter Abendgarderobe und Herren, manche distinguiert-elegant, nicht wenige aber auch in hoch dekorierten Wehrmachts- und SS-Uniformen, gaben ihrer Begeisterung für die *Walküre* mit tosendem Beifall Ausdruck.

Nur langsam begann sich der Saal zu leeren.

„Schließlich habe ich schon kurz nach meinem Amtsantritt am 1. April 1933 sechshundert jüdischen Platzmietern ihre Abonnements kündigen lassen. Ich konnte das Geschrei vom braunen Zwang in der Kultur und das Klagen über unsere Säuberung der Spielpläne einfach nicht mehr hören“, setzte der Mann mit der hohen Stirn und der runden Brille seine Tischrede selbstgefällig fort.

Aus Anlass des Gastspieles des Mannheimer Nationaltheaters in Paris im Auftrag des Oberkommandos der Wehrmacht fand im Anschluss an die soeben zu Ende gegangene zweite und letzte *Walküren*-Aufführung im Pariser Künstlerheim *Kraft durch Freude* ein Kameradschaftsabend statt. Am Kopf der Tafel saßen unter einem überlebensgroßen Porträt Adolf Hitlers, das den Führer im Profil und in Uniform zeigte, Generalmusikdirektor Karl Elmendorff im Frack mit Fliege, die Sieglinde-Darstellerin Grete Scheibenhofer und der Mannheimer Oberbürgermeister Carl Renninger. Den Ehrenplatz in der Mitte hatte Nationaltheater-Intendant Friedrich Brandenburg inne, etwas bescheidener im dunklen Anzug mit Binder. Er hatte sich gerade zu seiner Ansprache an die kunstbeflissene Gesellschaft erhoben; seine Tischdame Irene Ziegler, die die Fricka gesungen hatte, himmelte ihn von links unverhohlen an.

„Das Dritte Reich braucht diese undeutschen Umtriebe nicht, es ist die größte Kulturnation Europas, auch ohne dass diese Untermenschen in unseren Theaterbetrieben ein- und ausgehen. Mein besonderer Dank gilt dabei der Mannheimer NS-Kulturgemeinde, namentlich Ihnen, mein guter Hirte“, ließ der Intendant sich vernehmen.

Guter Hirte …

Der Angesprochene, Wilhelm Ernst Hirte, derzeit Dramaturg am Mannheimer Nationaltheater, war ein schwäbischer

Bauernsohn und Corpsstudent, der immerhin 1937 die Zeichen der Zeit erkannt hatte und in die NSDAP eingetreten war – ein klassisches Produkt des NS-Führerstaates. In wenigen Tagen würde er seinen vierzigsten Geburtstag feiern. Nun nickte er geschmeichelt, als der Intendant seinen Namen erwähnte.

„Danke … danke sehr, Herr Intendant“, sagte er, doch Friedrich Brandenburg hatte noch mehr zu sagen.

„Kein Grund zur Bescheidenheit, Hirte, Leute wie Sie sind wichtige Aktivposten der nationalsozialistischen Theaterpolitik, wie die Reichstheaterkammer sie vorgibt und wie auch ich sie vertrete.“

Hirte strahlte. Sein Blick wanderte hinüber zu seinem Freund und Förderer, dem millionenschweren, aus Schlesien stammenden Industriellen Reinhard Dreiling, der in Mannheim unter anderem eine Miederwaren- und eine Schuhfabrik betrieb. Beide waren Früchte der Arisierung, der Zwangsenteignung jüdischer Gewerbetreibender, die vor einigen Jahren so manchen quasi über Nacht zum reichen Mann gemacht hatte. Doch Dreiling, der wie der Intendant eine runde Brille nach der Mode der Zeit trug, im Gegensatz zu dem hageren Künstlermenschen Brandenburg aber eher klein und gedrungen war, ja, wie Hirte in seinen spöttischen Momenten dachte, manchmal nahezu etwas Krötenhaftes an sich hatte, würdigte den so über die Maßen gepriesenen Dramaturgen keines Blickes. An seiner Zigarre saugend lauschte er nur halbherzig der weitschweifigen, von deutschem Boden und Blut in der Kunst im Allgemeinen und beim hochverehrten Richard Wagner im Besonderen nur so strotzenden Rede des Intendanten. Tatsächlich war er in eine angeregte, aber aus Gründen der Rücksichtnahme auf Brandenburg allenfalls halblaut geführte Unterhaltung mit dem Dritten in ihrem Bunde verstrickt, Dr. Hartmann von Geßler, Vizepräsident des Amtsgerichtes Mannheim, ein kleiner, hagerer Monokelträger mit Spitzbart und vollkommen kahlem Schädel. Eine Weile hing Hirtes Blick bewundernd an den beiden überaus einflussreichen Männern, die zweifellos zu dem zählten, was man die Spitzen der Gesellschaft der Quadratestadt nennen konnte. Schließlich bemerkte von Geßler seinen Blick, wandte sich Hirte zu und zwinkerte.

„Aktivposten der nationalsozialistischen Theaterpolitik, so, so“, spöttelte er gutmütig. „Na, dann werden Sie’s ja wohl eines Tages noch weit bringen, Hirte. Wer weiß – vielleicht werden Sie ja selbst eines Tages Intendant in irgendeinem Schauspielhaus, was?“

Beide Herren auf der anderen Tischseite lachten. Dann lauschten sie alle drei großmütig den Schlussbemerkungen des Intendanten, die sich anhörten, als seien sie wortwörtlich aus einem Rundschreiben des Reichspropagandaministeriums übernommen.

Klinikum

Station 17-3 des Universitätsklinikums
Theodor-Kutzer-Ufer 1-3
Mannheim
Sonntag, 4. 12. 2011 – zweiter Advent
Kurz nach 22 Uhr

Der Greis starrte an die Zimmerdecke seines Einzelzimmers: weiße, mit dem Grauschleier der Jahre überzogene Platten aus einem Kunststoff, dessen Namen er nicht zu sagen wusste. Pockennarbig waren sie und gerillt, als nage unmerklich der Zahn der Zeit an ihnen, doch stets nur des Nachts, wenn er schlief. Seine Hände ruhten auf der fadenscheinigen Klinikbettdecke, sie waren vom gleichen Weiß. Nur waren die Venen seiner Hände nicht schmutziggrau, sondern dunkelviolett.

Fünf Wochen lag er nun schon hier. Palliativstation. Vollstationäre Behandlung wegen einer fortgeschrittenen Tumorerkrankung. Das Team, das ihm umgab, umfasste Ärztinnen und Ärzte, Krankenschwestern und Krankenpfleger, zwei Seelsorger, eine Psychologin, eine Sozialarbeiterin und eine Physiotherapeutin. Darüber hinaus gab es allerlei ehrenamtliche Helfer sowie eine Musik- und eine Maltherapeutin. All diese Menschen, sie kamen und gingen. Der Greis hatte es längst aufgegeben, sich ihre Namen zu merken, denn für ihn waren sie austauschbar – bis auf die Psychologin, die Honigblonde, die ehrenamtlich hier Dienst tat. Das Sterben sei Teil des Lebens, hatte sie gesagt, als wäre das ein Trost. Doch das hatte er längst gewusst, und es half ihm nicht weiter, kein bisschen. Dennoch, sie hatte sich bemüht, hatte seine Hand gehalten, wie es sonst nur die Mädchen taten, mit dem Daumen seinen Handrücken gestreichelt, beinahe zögerlich, und gute Worte für ihn gehabt. Das hatte ihm wohlgetan. Ihren Namen hatte er sich gemerkt.

Sicher, sie versuchten nach Kräften hier, all das zu lindern, was ihn belastete. Gegen die Schmerzen bekam er Morphium. Es kam aus dem Gerät neben seinem Bett, und er wusste, er war schon lange nicht mehr ohne dieses süße Gift. Wie lange, das wusste er nicht, doch seit das stete Tropfen seine Nächte und Tage begleitete, war er in diesem Dämmerzustand, der ihm manchmal angenehm, zu Zeiten regelrecht segensreich, in den meisten der langen Stunden aber vor allem ängstigend und unwirklich war.

Immer häufiger wünschte er sich, er habe die Kraft, die matte, geäderte Hand zu heben und die Dosis zu erhöhen. Zur tödlichen Dosis. Sich fortschlafen, sich wegstehlen aus diesem Leben, diesem Elend, diesem Drecksdämmer. Doch nein. Er war noch nicht am Ende. Er durfte nicht gehen. Noch war es nicht vollbracht.

Essen konnte er schon lange nicht mehr aus eigener Kraft. Er wurde künstlich ernährt, hatten die Mädchen ihm gesagt, und vage war er sich bewusst, dass unter seiner Bettdecke etwas war, das nicht zu seinem Körper gehörte. Abgemagert war er, fast zu einem Skelett, ein Knochenmann. Siebenundvierzig Kilo bei knapp einem Meter achtzig Größe, er, der doch immer ein so stattlicher Mann gewesen war … nun sah er fast so aus wie seine Mutter, seine geliebte Mutter, auf den Bildern, den grauenerregenden, mit der Zeit vergilbten, mit den teilnahmslos starrenden, halbtoten Gefangenen und den Lagerzäunen …

Der Greis träumte von Gas und von Leichenbergen, und mit der Zuverlässigkeit, die am Ende nur das Grauen zu entwickeln vermag, kamen die Ängste.

Die Ängste waren das Schlimmste. Wie wollten sie das in den Griff bekommen, diese Halbgötter in Weiß? Überhaupt, was wussten sie von den Ängsten des alten Mannes auf Zimmer Zwei, von den Nachtschrecken, die über ihn kamen, wann immer er träumte, die wie ein Albdruck auf seiner Brust hockten und ihm die Luft raubten, von der Atemnot und dem eisigen Schweiß?

Die Chemotherapie hatte nicht angeschlagen. Die Strahlen, denen man ihn ausgesetzt hatte, ebenso wenig, und für eine Operation war er zu schwach, sein geschundener Leib zu hinfällig.

Der Alte war sicher, dass diese Ängste am Ende auch das Monster in seinen Körper beschworen hatten. Krebs. Ein unscheinbares Wort. Im Grunde nur Zellwucherungen, und doch fraßen sie ihn von innen heraus auf. Er stellte sie sich vor wie ein Ungeheuer aus einem Bild Pieter Brueghels des Jüngeren, des „Höllenbrueghels", jenes flämischen Barockmalers, dessen Miniaturen er einst in einer Ausstellung in der Essener Villa Hügel mit angehaltenem Atem bewundert hatte.

Am Anfang hatte er mit seinem Krebs gesprochen, vor allem mit jenem Tumor, der in seiner Vorstellung zum zwiegeschlechtlichen VaterMutterGeschwür aller seinen Körper heimsuchenden Metastasen geworden war, dem, der in seinem Bauchraum saß, ganz nah an der Wirbelsäule und auf der Leber thronend, der ihm den Magen abdrückte und ihm ohne seinen Freund Morphium mit unsäglichen Schmerzen das Leben zur Hölle gemacht hätte. „Hör zu", hatte er ihm gesagt, „wenn du mich umbringst, dann bringst du dich doch auch mit um. Das kannst du doch nicht wollen. Das ist doch unlogisch."

Doch Tumore scherten sich nicht um Menschenlogik. Sie folgten ihrer eigenen oder vielleicht gar keiner. Seiner jedenfalls hatte gewuchert und sich vermehrt, hatte gestreut und war gewachsen, angeschwollen, aufgebläht, hatte ihm alles genommen.

Er blickte hinüber zur Wand gegenüber seinem Bett. Dort hing in schlichtem Rahmen ein handgemaltes Bild mit dem Motto der Station in geschwungener Kalligraphie:

„Es geht nicht darum,
dem Leben Tage zu geben,
sondern den Tagen Leben."

Der Greis lachte bitter in sich hinein. Keiner konnte ihn hören, denn seit ein paar Tagen war er außerstande zu sprechen. Ihm, der es gewohnt gewesen war, die Räume ringsum mit Klang zu füllen, ihm waren die Worte geraubt. Grausame Ironie des Schicksals, ach, was dachte er – des Tumors.

Und so blieb ihm nur ein letzter Ausweg aus der Qual. Er hatte schon als Kind in der Schule begriffen, dass Noten nicht nur Zensuren waren, sondern in erster Linie Töne, Klänge, ein Notausgang aus der bedrückenden Wirklichkeit für den klugen Knaben.

So schloss er die Augen.

In seinem Kopf sang ein Bariton Gustav Mahler:

Kindertotenlieder.

Langsam steuerte der graue Mann seine in Bayern gebaute, dunkelgraue Nobelkarosse den Fahrweg entlang und lenkte ihn auf einen Parkplatz direkt gegenüber dem Gebäude des ausgedehnten Klinikgeländes am Neckar. Ein diskretes Schild am Kopf der Parklücke wies darauf hin, dass dieser Platz für Professor Böckel, einen der Oberärzte der III. Medizinischen Klinik, vorbehalten war, doch das stellte kein Problem dar. In der Villa des grauen Mannes, einem gastfreien Haus am Oberen Luisenpark, gingen die Honoratioren Mannheims sowie der angrenzenden Großstädte Heidelberg und Ludwigshafen ein und aus, und zu denen gehörten eben auch die maßgeblichen Mediziner der Universitätsmedizin Mannheim, kurz UMM, die die Medizinische Fakultät Mannheim der Universität Heidelberg und das am westlichen Neckarufer gelegene Universitätsklinikum Mannheim umfasste. So lief das in der Region: Man kannte sich, man ging gemeinsam ins Nationaltheater oder ins Konzert, man golfte zusammen, man tauschte Adressen und Gefälligkeiten aus. Da, wo sein Auto herkam, hätte man von Amigo-Gekungel gesprochen, aber in der Kurpfalz war es einfach das Savoir-vivre der gehobenen, alteingesessenen Gesellschaftsschicht. Der graue Mann genoss das sehr. Er bewegte sich in diesen Kreisen wie ein Fisch im Wasser.

Deshalb war es auch kein Problem, hier zu parken. Er kannte Professor Böckel und ein halbes Dutzend anderer Honoratioren des erlauchten Klinikums. Die Herren waren Duzfreunde. Niemand würde auch nur eine Augenbraue lupfen, wenn er seinen Wagen hier parkte – zumal er ihn nicht zu verlassen gedachte.

Der graue Mann stellte den Motor ab und warf seinem Beifahrer wortlos einen auffordernden Blick zu. Die beiden Passagiere des BMW waren eine Studie in Gegensätzen. Hier der Fahrer, ein eher kleiner, schlanker Mann mit vollem, silbergrauem Haar und bleigrauen Augen, jeder Zoll ein kultivierter Großstädter aus dem bürgerlich-akademischen Milieu. Randlose Brille, anthrazitfarbener Armani-Dreiteiler inklusive weißem Hemd und purpurner Krawatte, blankpolierte, schwarze Schuhe. Trotz der späten Stunde war er extrem glatt rasiert. An seinen manikürten Fingern steckte ein dezenter

Siegelring. Sein Nebenmann erinnerte eher an einen Neandertaler. Er war etwa halb so alt wie der Fahrer, hatte einen rasierten Schädel mit vorspringender Stirn und wulstigen, schwarzen Augenbrauen. Der Neandertaler trug eine grüne Bomberjacke, Jeans und Doc Martens mit weißen Schnürsenkeln. Auf den Knöcheln seiner rechten Hand prangte als Tätowierung das Wort „Hass". Das Doppel-S erinnerte verdächtig an verbotene Runen aus einer vergangenen braunen Zeit.

Er fing die stumme Aufforderung des grauen Mannes auf, öffnete die Beifahrertür und ging zwischen den nächtlichen Bäumen hindurch auf das Gebäude zu, dessen Rückfront an die Röntgenstraße grenzte. Niemand hielt ihn auf, als er es betrat.

Nach kurzem Suchen fand die Bomberjacke die Palliativstation und dort das Zimmer, an dessen Tür eine dunkelblaue Zwei prangte. Er fühlte sich seltsam verunsichert, wie er so durch diesen Flügel des Klinikums schritt und versuchte, seine schweren Springerstiefel auf dem Linoleum nicht allzu laut knallen zu lassen. Es war fast, als störe er die Ruhe der Toten … nicht einmal er konnte sich der friedlichen Grundstimmung entziehen, die diese Station durchdrang, aber so subtile Gefühle war er nicht gewohnt.

Nach kurzem Zögern öffnete er die Tür. Dahinter lag, wie ihm der graue Mann vorhergesagt hatte, ein aktuell nur mit einem Patienten belegtes Zweibettzimmer. Unter leisem Röcheln schlief der Alte in seinem Bett. Er rang wie jede Nacht mit den Geistern jener Vergangenheit, die der Bomberjackenmann sich in seiner Ignoranz wieder herbeisehnte, doch das konnte dieser nicht wissen.

„Ich habe keine besonderen Präferenzen, wie du es machst", tönte die Stimme des grauen Mannes im Ohr des Bomberjackenneandertalers. „Wenn du es schaffst, stell einfach die

Morphiumdosis an dem Gerät neben seinem Bett hoch, das ist am wenigsten nachvollziehbar und geht vielleicht sogar als medizinischer Kunstfehler durch – wenn es denn überhaupt jemand merkt. Ansonsten findest du sicher auch irgendwo im Zimmer ein Kissen, um den Alten zu ersticken. Oder dreh ihm einfach den dürren Hals um, wenn das mehr nach deinem Geschmack ist. Nur mach es rasch, und dann verschwinde wieder. Wichtig ist nur: Der Kerl muss weg."

Ein Blick auf das Gerät mit den vielen Knöpfen und Anzeigen, das über einen Katheter mit dem schlafenden Greis verbunden war, zeigte ihm, dass eine Manipulation an dem Ding seine Möglichkeiten bei Weitem überstieg. Kurzerhand nahm er ein steril verpacktes Kissen, das zusammen mit einer ebenso verpackten weiteren Decke in einem Regal neben der Tür seines Einsatzes harrte, und trat ans Bett.

Der graue Mann wartete entspannt in seinem Wagen. Nils würde ihn nicht enttäuschen, das wusste er genau. Schließlich hatte er den Jungen für diese Aufgabe ausgewählt, weil dieser die Menschheit klar in Verbündete und Feinde unterteilte, keine Skrupel hatte, mit allen gebotenen Mitteln gegen letztere vorzugehen – und dumm genug war, um im unwahrscheinlichen Fall einer Entdeckung ihrer Machenschaften einen prima Sündenbock als ideologisch verblendeter Einzeltäter abzugeben. Müßig blickte er durch die Windschutzscheibe in den parkartigen Bereich des Klinikgeländes, der vor ihm lag. Es war klirrend kalt, aber dennoch lag Schnee schwer in der Nachtluft. Der graue Mann atmete ein paarmal tief durch. Noch ein paar Minuten, und er hatte eine Sorge weniger.

Dann sah er etwas, das ihn erstarren ließ.

Als Nils Meyer, der Mann in der Bomberjacke, ans Bett trat, das Kissen hoch erhoben und bereit, es seinem Opfer aufs Gesicht zu drücken, öffnete der Greis jäh die Augen. In seinen Wachträumen hatte er Mahlers siebte Sinfonie dirigiert, den dritten Satz, „Schattenhaft“ betitel, wie einst, mit fliegenden Rockschößen, wehendem Haar und weit ausgreifenden Bewegungen, doch dann hatte etwas gestört … und nun sah er es: Der Todesengel war an sein Bett getreten.

Doch statt des Richtschwertes hatte er ... ein Kissen in Händen. Welch würdelose Waffe für den letzten, alles entscheidenden Streich. Hätte er gekonnt, der Greis hätte heiser gekichert. Doch das Kichern hatte der Tumor ihm schon lange untersagt, und so blieb ihm nur, seinem Todesengel mit flehendem Blick „Tu’s doch, tu’s. Tu’s endlich“, zuzurufen. „Mach ein Ende.“

Meyers Handy meldete sich mit dem *Walkürenritt*, blechern und scheppernd. Die fanfarenartigen Stöße der digitalen Waldhörner zerschlugen förmlich die Pizzicati der Mahler’schen Streicher im Kopf des Alten.

„Ja?“, keuchte Meyer ins hastig ans Ohr gerissene Smartphone. Er wusste, der Anrufer musste der graue Mann sein. Kein anderer kannte diese brandneue Prepaid-Nummer.

„Du musst weg“, hörte er dessen wie immer vollkommen ruhige Stimme. „Ihr bekommt Besuch …“

Da hörte Meyer es auch schon: das Klacken der Absätze von Frauenschuhen auf dem Korridor der ansonsten geisterhaft stillen Station. Zu spät zum Weglaufen, zuckte es ihm durchs Hirn. Er dachte an eine Flucht aus dem Fenster, doch ein offenes Fenster hätte Verdacht erregt. Also trat er kurzerhand hinter den breiten Wandschirm, der als Sichtschutz zwischen dem vorderen Bereich des Zimmers, in dem der Alte lag, und dem rückwärtigen mit dem unbenutzten zweiten Bett stand. Mechanisch schalteten seine Finger das Smartphone stumm.

Die Schritte kamen näher. Sekunden später öffnete sich die Tür, und eine bildschöne junge Frau trat ein. Sie hatte geweint, viel und lange, man sah es überdeutlich.

Entschlossen trat sie ans Bett und umfasste die violett geäderte Hand des Greises.

„Gut, dass du wach bist, Opale. Ich muss dir etwas sagen." Sie betrachtete sein Gesicht ... *facies hippocratica.* Tapfer unterdrückte sie die Tränen. Seltsam ... ihr Großvater schien die Augen nicht auf sie fokussieren zu können.

Dass der Blick des Greises dem Wandschirm hinter ihr galt, dass auch er ihr dringend etwas sagen musste, verstand Charlotte Mendelssohn nicht. Sie erzählte ihm ihre Geschichte, eine schlimme, traurige Geschichte, die der Lauscher hinter der Trennwand schon kannte. Dazu zog sie sich einen Stuhl ans Bett.

Irgendwann schlief sie ein; ihr Kopf war neben dem des Alten auf die Matratze gesackt.

Nachdem er einige Minuten auf den sich regelmäßig hebenden und senkenden Rücken der Schlafenden gestarrt hatte, verließ Nils Meyer verwirrt das Zimmer. Diesen Fall hatten seine Instruktionen nicht abgedeckt. Das Display seines Smartphones zeigte vier entgangene Anrufe.

Das Starren des Greises verfolgte ihn, bis sich die Tür hinter ihm schloss.

Freischütz

Nationaltheater am Schillerplatz
Mannheim
5. 9. 1943

„Ja, lasst uns die Blicke erheben,
Und fest auf die Lenkung des Ewigen bau'n,
Fest der Milde des Vaters vertrau'n! Wer rein ist von Herz und schuldlos im Leben,
Darf kindlich der Milde des Vaters vertrau'n!"

Der Opernchor des Nationaltheaters ließ es an Pathos nicht fehlen. Es war der Eröffnungsabend der Spielzeit 1943/44.

Schon früh hatte ein kluger Rezensent über den *Freischütz* von Carl Maria von Weber geschrieben, er sei eine echt deutsche Oper, ja, man könne in gewisser Hinsicht gar sagen, der schleswig-holsteinische Komponist und sein Librettist Kind hätten „sich selbst die erste in jeder Beziehung rein deutsche Nationaloper hingestellt. Die älteren Erscheinungen im Gebiete der deutschen Oper (natürlich ist hier nur von den bedeutenden die Rede) hatten fast alle irgendetwas Fremdartiges, Nichtdeutsches an sich, sei es in der Musik oder in den Büchern." Der letzte Akkord des Schlusschores dieses so deutschen und daher bei den Machthabern der Zeit so beliebten Werkes war noch nicht verklungen, als die erste Fliegerbombe das Dach des Theatergebäudes in B 3 durchschlug.

Während aus dem Zuschauerraum alles rannte, rettete und flüchtete, machten sich drei Herren der besseren Gesellschaft entschlossenen Schrittes auf den Weg in die Eingeweide des prachtvollen Gebäudes am Schillerplatz. Der, der voraneilte, war mittlerweile längst als Dramaturg aus der Quadratestadt in die Hauptstadt des NSDAP-Gaues Kurhessen, nach Kassel ans dortige Opernhaus am Friedrichsplatz, gewechselt. Doch selbstverständlich kannte er hier nach wie vor jede Treppe, jedes Türchen und jeden Gang wie seine Westentasche. Ihm auf den Fersen folgten ein kleiner, schlanker, schneidiger Herr bar jeden Haupthaars, aber mit sorgsam gestutztem Spitzbart und Monokel und ein ebenso wenig hochgewachsener Mann von gedrungener Gestalt, dessen watschelnder Gang etwas Froschartiges an sich hatte.

„Sie werden staunen, Hirte“, keuchte der Froschene kurzatmig, während der Angesprochene eine Petroleumlampe von einem staubigen Mauersims nahm und sie mit Hilfe eines Sturmfeuerzeugs, das er seiner Jacketttasche entnahm, entzündete. Danach schob er entschlossen einige Kisten beiseite. Der Monokelträger ging ihm zur Hand; dass er dabei seinen Frack staubig machte, schien ihm nichts zu bedeuten.

Von oben drangen das infernalische Heulen der Luftschutzsirenen, das Jaulen der herabfallenden Bomben und die krachenden Einschläge zu ihnen herab. Erstaunlich, dachte Reinhard Dreiling flüchtig, dass man so weit unter der Erde, tiefer unter dem Boden der Quadratestadt als selbst der tiefste Luftschutzkeller, alles noch so genau wahrnahm. Er vermeinte sogar Flammen und Rauch zu riechen, doch das war gewiss nur Einbildung.

Verdammter Krieg. Verfluchte Alliierte. Dreiling musste nur auf sein Vermögen blicken und wusste wieder, wozu all das gut gewesen war, die Arisierung, die Deportationen und die Überfälle auf andere Länder. Aber an Abenden wie diesem, da wurde es dem Froschmann manchmal zu bunt.

Er sah, dass seine beiden Begleiter mittlerweile eine massive Metallluke im Boden freigelegt und unter großer Anstrengung geöffnet hatten. Nun schickten sie sich an, über

Metallsprossen in der gemauerten Ziegelwand des darunterliegenden Schachtes im ungewissen Untergrund der Stadt zu verschwinden. Dreiling schüttelte die Grübeleien ab, ergriff seinerseits eine Laterne, die Hirte entzündet und ihm bereitgestellt hatte, und folgte den beiden.

Es ging sicher vier Meter in die Tiefe, dann standen sie in einem feuchten und leicht nach Fäkalien riechenden Gang. Nun übernahm der Monokelträger die Führung.

„Hier entlang“, sagte er, deutete vage in eine Richtung und marschierte los. Seine beiden Kameraden folgten ihm.

Nach einer knappen halben Stunde Fußmarsch, bei dem sie mal links, mal rechts abbogen – ihr Führer durch diesen Orkus schien stets genau zu wissen, wo es langging –, endete ihr Weg an einer Stahltür, die man eher in einem Tresorraum als hier irgendwo metertief unter Mannheim vermutet hätte.

Dort erwartete sie auf einem Mauervorsprung sitzend ein kleiner, abgezehrter junger Mann in schäbigem Aufzug mit Schiebermütze. Auf seine Jacke war ein Judenstern genäht.

Als er die drei Männer näherkommen sah, sprang er auf wie von einer Sprungfeder geschnellt, riss sich die Mütze vom dunkel gelockten Kopf, begann, sie nervös in den Händen zu drehen und dienerte unterwürfig.

„Nun, Oberländer“, sprach ihn der mit dem Monokel mit öligem Unterton in der Stimme an, „alles fertig?“

„Alles fertig, Herr Gerichtspräsident“, beeilte der sich zu versichern. „Alles genau, wie Sie es haben wollten, und ich habe auch schon alles heruntergeschafft.“

„Dann lass mal sehen.“

Unter Aufbietung aller Kräfte zog der schmächtige Mann die Tür mittels eines Handrades auf. Es knirschte fürchterlich, als die metallene Unterkante über das Gestein des Untergrundes schrammte.

Alle drei Herren reckten den Hals, doch was sie hinter der Tür sahen, übertraf ihre kühnsten Erwartungen und verschlug ihnen für einen Augenblick den Atem. Ludwig Oberländer, seines Zeichens Maurergeselle und nur von Hartmann von Geßlers Gnaden noch am Leben, hatte ihnen hier unten, im sandig-lehmigen Urgrund ihrer Stadt, eine Schatzkammer gemauert, ihren eigenen, ganz privaten Nibelungenhort. Darin war alles an Gold, Geschmeide, kostbaren Möbeln und Beutekunst gehortet, was die drei seit der Reichskristallnacht im Rahmen der Arisierung und noch finstererer Vorgänge zusammengerafft hatten – und aufs Raffen verstanden alle drei sich wahrlich.

„Sehr schön, sehr schön“, kommentierte von Geßler mehr zu sich als zu sonst jemandem. Dann richtete er das Wort wieder an Oberländer, plötzlich kalt und schneidend. „Und wie viel hast du beim Transport für dich abgezwackt, Judenbengel?“

„Nichts, gar nichts, ich schwör's, Herr Gerichtspräsident“, stammelte der Angesprochene entsetzt.

„Schon gut, war nur ein Scherz“, lächelte von Geßler im selben begütigenden Ton, in dem er auch mit seiner Dogge sprach, wenn sie sich allzu sehr ereiferte. „Das hast du gut gemacht … ich bin zufrieden.“

„Dann … dann wird sich der Herr Gerichtspräsident jetzt auch für meine Schwester und ihren Sohn verwenden?“, fragte Oberländer halblaut.

„Deine Schwester, ja … da gibt es ein Problem, Oberländer.“

„Ein Problem, Herr Gerichtspräsident?“, fragte der junge Maurer entsetzt.

„Die ist auf dem Weg nach Osten.“

Aus Oberländers Gesicht wich jegliche Farbe. „Nein … nein …“, stammelte er. „Sie haben doch versprochen …“

„Ach ja, versprochen, versprochen …. Wenn ich’s mir recht überlege, habe ich für dich auch keine Verwendung mehr.“

Und Dr. Hartmann von Geßler, mittlerweile Präsident des Amtsgerichtes Mannheim und Kriegskreisleiter Mannheim der NSDAP, zog unter seinem Frack eine Walther PPK hervor und schoss dem Maurergesellen Ludwig Oberländer aus nächster Nähe zwischen die Augen.

Wälsungentod

Nationaltheater am Goetheplatz
Mannheim
Sonntag, 25. 3. 2012

Der Name Siegmund hat seine Ursprünge im Altdeutschen. Er setzt sich zusammen aus den Worten „sigu“, was so viel bedeutet wie Sieg, und „munt“, was „Schutz der Unmündigen“ heißt. Mit dem Abend, an dem Siegmund, Wotans Ururenkel, starb, endete ein kühler, aber trockener Frühlingssonntag.

Es war auch der letzte Abend der Frühjahrs-Urlaubswoche von Kriminalhauptkommissar Anton Neumann, den dieser wie immer in seinem Schrebergarten in der Feudenheimer Au verbracht hatte. Neumann, ein altgedienter Mannheimer Kriminaler, der trotz allerlei Verschrobenheiten bei seinen Fällen eine beneidenswerte Aufklärungsquote vorzuweisen hatte, hatte am Abend zuvor mit Freunden in einer benachbarten Laube einen über den Durst getrunken und war erst gegen ein Uhr nachmittags aufgewacht. Seither war er mit dieser eigentümlichen Dumpfheit im Schädel, die einem nach durchzechter Nacht und eigentlich genug, gefühlt aber viel zu wenig Schlaf bleibt, mühsam seinem Zeitplan hinterhergelaufen. Gottverdammter Wodka. *Absolut* hatte er geheißen … klar, absolut verheerend. Typisch schwedischer Humor.

Das Heckenschneiden war eine Plage gewesen und hatte ewig gedauert, und nur mit Ach und Krach hatte er es in die Premiere der *Walküre*, des zweiten Stückes des neuen Mannheimer Rings, geschafft; die Karte in der dritten Reihe Mitte hatte er schon seit Ewigkeiten, und ungefähr genauso lange hatte er sich auch auf diesen Abend gefreut. Überrascht stellte er fest, dass der Inhaber des Platzes neben ihm, mit dem er diesen außerordentlichen Kunstgenuss zu teilen gedacht hatte, leer blieb. Es handelte sich um seinen seit Gymnasialzeiten besten Freund Leo Lessing, ohne den Neumann vermutlich noch heute kein Wort, keine Note und erst recht keinen Gedanken von Wagner verstanden hätte. Doch dem Hauptkommissar blieb keine Zeit, über Lessings Fernbleiben nachzudenken. Kaum hatte er Platz genommen, da ging auch schon das Licht im Großen Haus, dem Opernhaus des Nationaltheaters, aus, der Vorhang hob sich, und die ersten Töne der Ouvertüre erfüllten den Saal.

Der opernbeflissene Kriminalhauptkommissar hätte, wenn er die Zeichen richtig gedeutet hätte, eigentlich ahnen müssen, dass dieser Abend mit einer unschönen Überraschung enden würde. Verblüfft hatte Neumann feststellen müssen, dass vom Beginn der Oper an das abgeschlagene Haupt des Riesen Fasolt an der Rampe lag und anklagend ins Publikum starrte. Eine Requisite nur, sicher, ein Überbleibsel gleichsam und ein Rückverweis auf den ersten Teil des Zyklus, der im Herbst des Vorjahres Premiere gefeiert hatte, aber doch irgendwie auch eine unheilvolle Verheißung, untermalt von Wagners schicksalhaften Klängen.

Der neue Mannheimer Ring war weit über die Quadratestadt hinaus Thema in Opernkreisen. Neumann war begeistert und nickte nicht, wie es ihm häufig drüben im Schauspielhaus ging, gerade in den moderneren Inszenierungen, gegen Mitte des Stückes weg, nein, der Kriminalhauptkommissar war ganz Feuer und Flamme und hing wie gebannt an den Lippen der Sängerinnen und Sänger – und konnte den Tod Siegmunds dennoch nicht verhindern. Irrwitzigerweise wurde er Augenzeuge des Geschehens, sah den Mörder und hatte keinerlei Zweifel an der Tatwaffe – und war dennoch sicher, dass der,

der sie führte, nicht für das Geschehene verantwortlich zu machen war.

Im zweiten Aufzug geschah es, bald nach der Todesverkündigung. Göttervater Wotan, den der Heldenbariton Carsten Hewitt auf eine, wie Neumann fand, ausnehmend beeindruckende Weise sang, stolzierte mit einem gigantischen schwarz-weiß-geringelten Eierkopf und strahlendem Zyklopenauge durch seine in Trümmer gehende Welt, begleitet von zwei Doppelgängern. Neumann wusste zwar nicht, wo die herkamen, doch der kluge Regieeinfall ließ es aussehen, als könne der Asen-Stammvater die Grenzen des Raums hinter sich lassen.

„Zurück vor dem Speer! In Stücken das Schwert!", befahl er mit vor Zorn strahlender Stimme. Sein getreues Schwert Nothung schwingend warf sich Siegmund, Wotans Nachfahre in vierter Generation, auf seinen Rivalen Hunding, den Gemahl der einst geraubten und jetzt an Siegmunds Seite in Raubehe lebenden Sieglinde. Doch Nothung zersplitterte an Wotans Speer, den Hunding führte – wie es das Wagner'sche Libretto vorsah.

Das seltsam scheppernde Klirren, mit dem dies geschah, löste irgendeinen Kriminalisteninstinkt in Anton Neumann aus, und er blickte auf die Trümmer der Schwertattrappe aus Leichtmetall. Brünnhilde, die hinter Siegmund stand, wich erschrocken zurück – soweit Neumann es trotz des grotesk geschminkten Gesichts erkennen konnte, hatte auch Sopranistin Julia Haffner gespürt, dass etwas nicht stimmte. Der baumlange, spindeldürre Neumann schoss in seinem Sitz empor, was einen Chor erboster Zischlaute und halblauter Protestrufe rings um ihn im Parkett auslöste, doch es war zu spät. Hunding stieß den waffenlosen Wälsungen nieder. Mit einem hässlichen Krachen fuhr der schwungvoll geführte Asen-

Speer seitlich in den Brustkorb von Wotans Nachfahren, wo die göttliche Leihgabe erheblichen Schaden anrichtete, wie der hellrote Blutschwall bewies, der aus der Wunde schoss.

Siegmund machte erst einen, dann einen zweiten tänzelnden Schritt und schien dann jäh zu taumeln. Seine Hand zuckte hoch zu den schwarzen Katzenohren, die ihn Regisseur Joachim Schlaffe aus unerfindlichen Gründen zu tragen gezwungen hatte, dann fuhr er sich über die Augen, als könne er den Schleier wegwischen, der ihm plötzlich das Sehen erschwerte. Das Orchester verstummte.

Schließlich krachte Siegmund schwer vornüber zu Boden. Sieglinde sank mit einem Schrei wie leblos zusammen – Neumann war nicht sicher, ob sich die Sopranistin Thalia Horst noch in Rolle befand oder ob sie die Tragweite der Situation erkannt hatte und von dieser überwältigt worden war.

Beim Aufprall verlor Siegmund die Katzenohren, der rotschwarze Speer in seiner Seite brach ab, und man hörte das Splittern von Rippen. Blut sammelte sich rasch unter ihm auf den in diesem Falle schwarzen Brettern, die seine Welt nun nicht mehr bedeuteten.

Als Siegmunds Körper beziehungsweise der des in Bayreuth gestählten Heldentenors Hendryk Wittich lautstark zu Boden krachte und die Musik einfach endete, wurde es unruhig im Zuschauerraum. Wenig später begannen Menschen durcheinanderzureden, dem nächsten Ausgang entgegenzustreben oder auch hysterisch zu schreien. Den Blick gottergeben zum Himmel gewandt schob Kriminalhauptkommissar Anton Neumann die rechte Hand in die Innentasche seines schwarzen Jacketts, zückte die Brieftasche mit dem Dienstausweis und begann, sich wie weiland Roberto Benigni bei der Oscar-Verleihung für „Das Leben ist schön“ 1999 einen Weg über die Sitzreihen vor ihm zu bahnen. Als ein Theatermitarbeiter ihn am Orchestergraben abfangen wollte, erfüllte er gottergeben das Klischee und sagte die Zauberformel: „Lassen Sie mich durch. Ich bin Polizist.“

Danach ging alles ganz schnell. Noch während der eben noch brummige Bühnenarbeiter zur Hilfsbereitschaft selbst mutierte, Neumann auf die Hauptbühne geleitete und Nationaltheatermitarbeiter rasch und routiniert das Große Haus evakuierten, rief der Kriminalhauptkommissar per Mobiltelefon Verstärkung.

Er wählte einfach 110. Als er sich zu erkennen gab, verband man ihn mit dem Polizeipräsidium. Der Mann in der dortigen Telefonzentrale war zunächst abweisend und unpersönlich, stellte ihn jedoch zur diensthabenden Kollegin, Kriminalkommissarin Judith von Reichenbach, durch, die im Gegensatz zu dem uniformierten Kollegen professionell und mit einer raschen Auffassungsgabe gesegnet war.

„Wie kann ich Ihnen behilflich sein?“, fragte sie.

„Ich weiß nicht so recht“, antwortete Neumann etwas unkonzentriert, weil er gerade festgestellt hatte, dass sich die stetig wachsende Blutlache unter dem Wälsungen unaufhaltsam auf die Spitze seines brandneuen, schwarzen italienischen Schnürschuhs zuschob. „Ich möchte einen Mord melden.“

„Würden Sie mir bitte zunächst Ihren Namen nennen?“, bat die Kollegin. Neumann kannte sie kaum, erinnerte sich aber, gehört zu haben, dass sie gern freiwillig Nachtschichten und Sonn- und Feiertagsdienste übernahm.

„Kriminalhauptkommissar Anton Neumann“, antwortete er geduldig. Ihre gesamte Attitüde veränderte sich schlagartig. Sie fragte konzentriert nach, wie es nur unter Kollegen möglich war, und als er erst einmal Auskunft zu geben begonnen hatte, sprudelten die Informationen nur so aus ihm heraus. „Ich bin im Nationaltheater. Großes Haus. Nein, ganz privat – *Walküre*. Wie bitte? Nein, nicht Sie … so heißt das Stück.“ Neumann seufzte innerlich. Offenbar garantierte ein Adelsprädikat heutzutage keine profunde musikalische Bildung mehr.

„Hier wurde ein Opernsänger ermordet“, fuhr er fort. „Ja, ich bin zufällig am Tatort … im wahrsten Sinne des Wortes“, setzte er hinzu und hob probehalber den Fuß etwas an. Das Blut begann ganz langsam, zähflüssiger zu werden. Er wischte die Sohle des vermutlich ruinierten Schnürschuhs angelegentlich-beiläufig an den Katzenohren ab. „Ja, ich habe alles gesehen, es ist ja auf offener Bühne passiert. Mit Wotans Speer. Der Tote? Siegmund. Also eigentlich heißt der Mann Hendryk Wittich …“

„Moment, Herr Kollege, immer mit der Ruhe“, unterbrach die Kriminalkommissarin mit deutlich überfordert-irritiertem Unterton seinen Redefluss. „Eine Information nach der anderen bitte, ja?“

Anton Neumann zwang sich, ruhig zu bleiben. „Na gut“, brummte er. „Ja.“

„Danke. Sie haben also einen toten Opernsänger im Nationaltheater?“

„Korrekt. Er wurde vor etwa zehn Minuten ermordet. Auf offener Bühne. Der Mann heißt, wie ich schon sagte, Hendryk Wittich. Heldentenor mit Bayreuth-Vergangenheit.“

Am anderen Ende der Leitung war es eine Weile still – so lange, dass Neumann beinahe fürchtete, die junge Kollegin habe die Waffen gestreckt und aufgelegt. „Vor Ihren Augen, sagen Sie?“

„Ja. Vor meinen und vor den Augen von 1155 anderen Wagnerianern. Vollbesetzte Premiere. Nein – weitere 1154“, korrigierte der Kriminalhauptkommissar sich, als sein Blick zu dem Platz schweifte, der im Gegensatz zu allen anderen von Anfang an leer gewesen war. Dem Platz, an dem sein Freund Leo Lessing hätte sitzen sollen. „Ich weiß natürlich noch nicht, was hier passiert ist. Also, was genau. Ich kenne keine Hintergründe. Ich wollte ja eigentlich nur die Premiere sehen. In *Rheingold* war ich schon, und für *Siegfried* und die *Götterdämmerung* habe ich Karten. Wussten Sie, dass Wagner nächstes Jahr zweihundert Jahre alt würde?“

„Nein, wusste ich nicht“, versetzte Kommissarin von Reichenbach brüsk. „Wie steht es mit dem Täter und der Tatwaffe?“

„Die Tatwaffe war ein Speer – aber kein gewöhnlicher, sondern kein geringerer als der Wotans. Er steckt derzeit noch in der Leiche Siegmunds, also … Wittichs, aber ich könnte schwören, dass jemand die Requisite manipuliert hat.“

„Wie damals bei Bruce Lee“, sagte von Reichenbach, eine Bemerkung, die Neumann überhaupt nichts sagte und ihm insofern komplett zusammenhanglos vorkam. Ehe er nachfragen oder auch nur entscheiden konnte, ob er das überhaupt wollte, fuhr die junge Dame am anderen Ende der Leitung fort: „Bleiben Sie bitte, wo Sie sind, Herr Kollege. Ich schicke ein Team vorbei, und natürlich die Jungs von der Spurensicherung.“

„Ich wollte schon immer mal auf der Nationaltheaterbühne stehen. Ich gehe ganz sicher nirgends hin“, hörte sie ihren Kollegen sagen. Dann legte sie auf und veranlasste alles Notwendige.

Vier Minuten später piepste Neumanns Handy erneut. Als er abnahm, vernahm er von Reichenbachs Stimme. „Die Kollegen sind in ein paar Minuten bei ihnen, Herr Neumann. Doktor Grambitter lässt ausrichten, Sie sollen in der Zwischenzeit darauf achten, dass der Tatort nicht kontaminiert wird …“

Neumann sah auf seinen Schuh. Das Blut begann, Fäden zu ziehen. „Klar doch“, sagte er munter und versuchte, von Reichenbachs Tonfall möglichst genau zu treffen. „Ich werde hier schon die Stellung halten.“

„Ich komme selbst auch rüber. Vielleicht möchten Sie ja schon mal ein paar erste Befragungen durchführen? Das würde uns sehr helfen. Ich kann in einer Viertelstunde da sein.“

„Geht klar. Bis gleich.“

Er unterbrach die Verbindung, als er sah, dass Joachim Schlaffe, Regisseur, Bühnen- und Kostümbildner der Aufführung, ein älterer Mann mit weißer Haarmähne und ebensolchem Vollbart, in seine Richtung strebte, gefolgt von dem jungen Generalmusikdirektor Daniel Kattinger, ganz Nickelbrille, Bürstenschnitt und Bewegungen voll jugendlichen Elans. Die beiden Federführenden des neuen *Rings* hätten gegensätzlicher nicht sein können.

Kriminalhauptkommissar Anton Neumann hatte keinerlei Motivation, den beiden Kunstgewaltigen Rede und Antwort zu stehen.

Urplötzlich wusste er, was zu tun war.

„Sie sind von der Polizei? Wir …“

Weiter kam Schlaffe nicht. Neumann hob energisch den Arm, eilte langen Schrittes zum rechten Bühnenrand hinüber, wo deutlich weniger Trubel herrschte, und schwenkte dabei sein Handy.

„Ich muss dringend telefonieren.“

Mit fliegenden Fingern suchte er in den Kontakten nach dem Namen seines besten Freundes und wählte ihn an:

Leo Lessing.

Essstörung

Marly
Welserstraße 25
Ludwigshafen am Rhein
Sonntag, 25. 3. 2012

Ein kluger Mann hatte einmal gesagt, es gebe Orte, die man beschreiben könne; andere müsse man schlicht erleben. Zu letzteren gehörte zweifelsfrei das Restaurant Marly im ansonsten eleganter Gaumenfreuden eher unverdächtigen ältesten Ludwigshafener Stadtteil Hemshof.

Während sich anderswo ein arglistig präparierter Glasfaserspeer final in die Seite eines Star-Opernsängers bohrte, verzehrte Leo Lessing geradezu andächtig einen lauwarmen Oktopussalat und ließ sich dazu ein Glas perfekt temperierten Rieslings vom Weingut Reichsrat von Buhl munden, der auf den schönen Namen *Jesuitengarten im Forst* hörte. Sein Gegenüber, die Psychologin Geza Wolf, die im Gegensatz zu ihrem Begleiter nicht „über die volle Distanz ging“, wie Lessing das auszudrücken pflegte, also auf zwei Gänge des großen Menüs aus der übersichtlichen, aber erlesenen Karte verzichtet hatte, sah amüsiert zu, wie er mit zart schmatzenden Geräuschen und den entsprechenden Lippenbewegungen verzückt die ganze Fülle der Geschmacksnuancen des intensiv fruchtigen, aber dennoch mit eleganten Säuren aufwartenden Pfälzer Weines zu erhaschen suchte. Die Wölfin, wie ihre Freunde sie nannten, wusste, dass Leo sie in solchen Augenblicken nicht brauchte. Hier, schlemmend, genießend und ja, völlernd war er ganz bei sich, da wollte er nicht reden, da wollte er stille kulinarische Andacht. Aber da ihre über anderthalb Jahrzehnte bestehende Freundschaft zu jenen seltenen Fällen guter, platonischer Erwachsenenlieben gehörte, die es aushielten, wenn auch mal eine Viertelstunde gemeinsam geschwiegen wurde, nippte sie an ihrem San Pellegrino und frönte ihrer eigenen größten Leidenschaft: dem Beobachten von Menschen.

Obgleich sie Leo Lessing schon seit sechzehn Jahren kannte – sie hatte als frischgebackene Polizeipsychologin die Ermittlungen in einem Mordfall an dem Mannheimer Gymnasium begleitet, an dem er damals als junger Lehrer für Deutsch und Geschichte und Oberstufenberater tätig gewesen war –, hatte sie seine vielschichtige, facettenreiche Persönlichkeit immer noch nicht restlos durchschaut. Der alte Freund gab ihr immer noch Rätsel auf, und das war gut so.

Lessing stammte weder von dem gleichnamigen Dichter und Aufklärer noch von dem deutsch-jüdischen Philosophen und politischen Publizisten ab, auch wenn er sich beiden durchaus in manchen Belangen seelenverwandt fühlte. Auf den ersten Blick hätte man Leo, wie es viele seiner Schüler taten, als den literaturbesessenen, gemütlichen Dicken aus der Oststadt abtun können. Aber das, soweit war die Wölfin in ihrer ganz privaten Analyse gediehen, griff viel zu kurz. Er war zweifellos bibliophil, wie man an seiner von Büchern geradezu überquellenden Singlewohnung in der Leibnizstraße unschwer ablesen konnte, und auch seine Leibesfülle war unbestreitbar. Er selbst bezeichnete sich schwarzhumorig als „untergroß“, aber man sah dem Mann, der bei einer Größe von knapp unter einem Meter achtzig die Hundert-Kilo-Marke schon vor Jahren locker gerissen hatte, ohne irgendetwas an seinen Essgewohnheiten zu ändern, mittlerweile leider an, dass sein Übergewicht begann, seiner Gesundheit abträglich zu sein. Geza wusste, dass Leo Medikamente gegen Bluthochdruck nahm. Sie war keine klinische Medizinerin, aber aus ihrer Sicht war es nur noch eine Frage der Zeit, bis Diabetes hinzukam.

Wenn sie ihm so beim Essen, nein, beim Erleben seines Oktopussalates zusah, verstand sie, dass sich seine Lust am Leben, am Genuss teilweise in maßlosem Essen und Trinken ausdrückte. Es war seine Form der Lebensgier.

Das passte zu der Lust am Leben, die er auch in anderen Bereichen des Alltags an den Tag legte. Geza kannte kaum einen beleseneren, kunstsinnigeren, zugleich aber auch politischeren und dem Jetzt zugewandteren Menschen als Leo Lessing. Er war ein Mann der Gegensätze. Ein Kapitalismuskritiker vor dem Herrn. Ein Nonkonformist, ein „Feind der Herden“, wie er es nannte. Trotz des verbeamteten Lehrerjobs trug er das noch immer volle, braun-silbern melierte Haar über schulterlang und zumeist als Pferdeschwanz. Er war ein stets makellos gekleideter Mann mit kurz gestutztem Kinnbart, der dreiteilige Anzüge liebte, die er sich maßschneidern lassen musste, weil er sie von der Stange nicht kaufen konnte. An diesem Abend trug er einen mittelbraunen Anzug mit dezenten cremefarbenen Nadelstreifen. Gleichzeitig war Lessing ein streitbarer Opernnarr (wenngleich Wagnerhasser) und eingefleischter Krimifan. Er betätigte sich als Hobbykoch auf Gourmetniveau und sammelte Wein und Whisky. Am heimischen Piano coverte er mehr als passabel Tom Waits. Bei zahlreichen gemeinsamen Kinobesuchen hatte er sich als Cineast erwiesen. Zweifellos schrieb er selbst, vermutlich Lyrik, auch wenn er die Wölfin daran nie hatte teilhaben lassen.

Zudem war er ein hervorragender, einfühlsamer Liebhaber, wie die Wölfin aus einer betrunkenen Silvesternacht, die sich, wie sie einander geschworen hatten, niemals wiederholen würde, wusste.

Doch da war mehr, dessen war sich Geza Wolf sicher. Sie war der festen Überzeugung, dass es weit zurückliegende Verletzungen im Leben des Freundes gab. Er sprach nicht über sie, hatte sie in sich verkapselt. Dazu passte auch, dass der im Grunde seines Herzens sanftmütige, trotz seiner Leibesfülle behände Mann eine sehr laute Diktion hatte und keine Angst kannte, andere vor den Kopf zu stoßen. Er hatte sich einen Panzer angefressen. Geza witterte Dinge, die er nicht ertragen hatte und schon gar nicht noch einmal ertragen müssen wollte. Wie der nur ein paar Steinwürfe von hier geborene ehemalige Bundeskanzler Dr. Helmut Kohl, dachte die Wölfin, auch wenn Leo diesen Vergleich sicher gehasst hätte.

Apropos Doktor … den hatte Lessing auch. Über Hölderlin hatte er promoviert, „das Hölderle“, wie er den Tübinger Romantiker gern liebevoll nannte, aber er führte seinen akademischen Titel nicht. Die Wölfin fand, ihr Freund verschwende sein Talent als Gymnasiallehrer an der Mannheimer Schule, die auch noch wie er den Namen des berühmten Schriftstellers trug, als Pädagoge im besten Sinne des Wortes. Wie Sisyphus versuchte er, in Generation um Generation X-Box-daddelnder, von YouTube und Wikipedia verdorbener Schüler die Liebe zur Literatur zu wecken. Scheinbar unverdrossen …

Die Lebensgefährtin des Restaurantbesitzers und Kochs riss Geza Wolf aus ihren Gedanken, indem sie mit der ihr eigenen unaufdringlichen Aufmerksamkeit Mineralwasser nachgoss. Dann trat der Meister selbst an ihren Tisch, ein kulinarischer Überzeugungstäter, der hier mitten im Hemshof seit Jahren konsequent auf Sterneniveau kochte, ohne sich nach dieser zweifelhaften Ehre allzu sehr zu verzehren.

„Hallo, Leo“, grüßte er den Stammgast der ersten Stunde, der inzwischen zum guten Bekannten avanciert war. „Die Schweinebäckchen kommen gleich, und für die Dame der Rochenflügel.“ Der Mann in der weißen Kochjacke warf Geza ein bezauberndes Lächeln zu. „Hat das Entrée gemundet?“

„Ja und wie“, lobte Leo. „Ich finde, wenn du jetzt noch deinen größten Fehler korrigierst, bist du nur noch einen Fingerbreit vom wahren Genius entfernt.“

„Und der wäre?“, fragte Gregor Ruppenthal irritiert.

„Du kochst in Lumpehafe, dabei gehört einer wie du nach Monnem“, grinste Lessing.

Ruppenthal lächelte. Ehe er Lessing aber darüber aufklären konnte, dass es durchaus sehr konkrete Umzugsüberlegungen auf die andere Rheinseite gab, ertönte Aaron Coplands *Fanfare for the Common Man* aus der Brusttasche von Lessings Jackett. Sie erklang in der Version von Emerson, Lake & Palmer, unterstützt durch heftige Vibration.

„Entschuldige bitte …“

Es war Lessing anzusehen, dass ihm diese Störung sehr unangenehm war. Er fischte sein HTC, mit dem ihn eine intensive Hassliebe verband, aus der Brusttasche und nahm das Gespräch mit einem energischen Druck seines fleischigen Daumens an, ohne aufs Display zu sehen.

„Lessing. Wer stört?“, knurrte er.

Dann hörte er eine Weile zu. Geza versuchte anhand der Hälfte der Konversation, die sie mithören konnte, das gesamte Gespräch zu rekonstruieren.

„Ach, du bist es, Anton … wo bist du? … Im Nationaltheater? Oh. Ja, ich weiß, wir waren für die *Walküre* verabredet, aber mir ist …“, er warf einen verschwörerischen Blick auf den Weinkühler und auf Geza, „… etwas dazwischen gekommen. Tut mir leid.“

Er nahm einen Schluck Riesling, dann zählte er eins und eins zusammen und fragte: „Wieso telefonierst du mit mir, wenn du in der Oper hockst? Was? Das Stück wurde abgebrochen … na, was Besseres hätte wahrscheinlich nicht passieren können.“ Wieder lauschte er eine Weile in sein Handy. „Oh, das ist schlecht … och komm … muss das sein? Ich sitze gerade beim Essen … mit einer tollen Frau … na gut. Ja, ich komme rüber.“

Misslaunig unterbrach er das Gespräch und steckte das Handy weg.

„Geza, tut mir leid, ich muss weg. Das war Anton – drüben im Nationaltheater hat es einen Mord gegeben. Ich nehme nicht an, dass dir schon wieder der Sinn nach Ermittlungsarbeit steht?“

Die honigblonde Psychologin schüttelte den Kopf. Nach dem, was sie etwas weniger als zwei Jahre zuvor in Frankreich erlebt hatte[1], versuchte sie, einen weiten Bogen um tote Menschen zu machen.

Missmutig winkte Leo Lessing seinen Freund herbei. „Gregor, ich muss leider weg. Aber meine Begleiterin isst in Ruhe zu Ende. Schreib einfach alles auf, ich komme die Tage rum und zahle.“

Gregor Ruppenthal nickte. Lessing küsste Geza Wolf flüchtig auf die Wange und rauschte hinaus auf die Welser Straße. Vor der Tür schwang er sich in seinen BWM Z3, den einzigen sichtbaren Luxus, den er sich neben seinen Anzügen gönnte, und brauste über die Brücke gen Mannheim.

Nach Hause.

* * *

Judith von Reichenbach wusste nicht mehr, wo ihr der Kopf stand. Hunding, der jetzt wieder ganz bürgerlich Christian Walther hieß, hatte einen Nervenzusammenbruch erlitten, als ihm die ganze Tragweite dessen, was er getan hatte, klar ge-

---

1 vgl. Oliver Hoffmann & Thommy Mardo, Der Facebook-Killer, Verlag-Waldkirch, Mannheim 2012

worden war. Er hockte jetzt am Bühnenrand und wurde vom Kollegen Erich Grambitter, dem Leiter der Spurensicherung, fürs Erste notfallseelsorgerisch betreut. Die Spurensicherer taten ihr Möglichstes, um, nun ja, Spuren zu sichern, aber zum einen wäre die Bezeichnung Hühnerhaufen noch ein Euphemismus für das gewesen, was auf der Bühne des Großen Hauses gegenwärtig los war, zum anderen war die Sachlage eigentlich klar. Jemand hatte den stattliche acht Meter langen, signalroten Glasfaserstab, der Hunding als Speer diente, auf üble Art und Weise präpariert. Das gepolsterte Schaumstoffende, das da ursprünglich hätte sein sollen und dazu diente, Verletzungen jeglicher Art bei dem Heldentenor zu vermeiden, war durch eine perfide Vorrichtung modifiziert worden: Sie erhielt nun im Inneren eine beidseitig scharf geschliffene Metallklinge, die sich beim Aufprall auf den Körper des Sängers durch den Schaumstoff geschnitten hatte. Der Schwung von Hundings/Walthers Stoß hatte den Schaumstoff am Stab entlang zurückgeschoben, und die dolchartige, mattschwarz schimmernde Klinge hatte ungehindert ihr zerstörerisches Werk tun können.

„Zerbrochene Schwerter aus Zuckerguss. Faszinierend.“ Mit diesen Worten schreckte eine äußerst wohlklingende Stimme die Kommissarin aus ihren Gedanken hoch. Sie sah sich suchend nach dem Sprecher um, denn die Akustik der Opernbühne sorgte dafür, dass er durchaus ein ganzes Stück weg stehen, sie ihn aber dennoch glasklar verstehen konnte. Ihr Blick wanderte über Brünnhilde alias Julia Haffner, die schlaff wie eine Puppe aus Lumpen am Hals des Generalmusikdirektors hing und haltlos weinte, Grambitter, der immer noch in der Hocke neben Christian Walther kauerte, und Regisseur Schlaffe, der zusammen mit dem inzwischen eingetroffenen kommissarischen Generalintendanten Will Fendrich heftig gestikulierend auf den Kollegen Neumann einredete, und blieb schließlich an einem rundlichen, gepflegt aussehenden Mann hängen. Der stand über der Stelle, wo die schwärzlichen Zuckergusssplitter Nothungs noch neben der Tatwaffe auf den Bühnenbrettern lagen und starrte nachdenklich zu Boden, den schweren, runden Kopf mit dem Kinnbart und dem gepflegten, graumelierten Pferdeschwanz in den aromatisierten Dampf einer schwarzen Elektrozigarette gehüllt.

Ehe Kommissarin von Reichenbach die wohl eher an ihn selbst gerichteten Worte des Nadelstreifenträgers in irgendeiner Form kommentieren konnte, schoss aus den Kulissen eine Theatermitarbeiterin hervor, deren Äußeres eine gewagte, aber durchaus spannende Mischung aus modebewusstem Punk und Spät-Öko war. Sie wedelte heftiger, als der Dampf – Nelkenaroma, wie von Reichenbach geistesabwesend registrierte – es eigentlich rechtfertigte und fauchte: „Hier ist rauchen verboten. Wollen Sie die ganze Sauerei etwa auch noch mit der Sprinkleranlage gepflegt unter Wasser setzen?“

Der Mann musterte den weiblichen Mode-Punk mit der schwarzen Strubbelfrisur einen Moment lang und sagte dann würdevoll: „Ich rauche nicht. Ich entziehe meine Sucht mit einer Ersatzdroge. Das“, er schwenkte die Elektrozigarette, „ist quasi das Methadon zu meinem Heroin – Nikotin, meine ich.“

Judith von Reichenbach trat zu den beiden. „Dürfte ich fragen, wer Sie sind?“

„Steffi Hunger, Leiterin der Requisiten-, Pyrotechnik- und Waffenabteilung dieses Hauses“, sagte die Frau. Der rundliche Mann nickte, als habe er sich entweder genau das gedacht oder als enthülle diese Antwort ein großes Mysterium, an dessen Enträtselung er seit Jahren arbeitete. Er machte allerdings keine Anstalten, seinen eigenen Namen preiszugeben.

„Und Sie sind?“, hakte von Reichenbach nach.

„Leo Lessing, Deutschlehrer am gleichnamigen Gymnasium", sagte der Mann irritiert. „Die Polizei hat mich hergebeten, um in diesem Fall zu assistieren."

„Die Polizei bin ich", knurrte Judith von Reichenbach, „und ich habe bestimmt niemanden hergebeten."

„Das geht schon in Ordnung", hörte sie plötzlich knapp hinter ihrer linken Schulter die Stimme des Kollegen Neumann, der dienstgradmäßig ihr Vorgesetzter, wenn auch rein technisch gesehen nicht mit dieser Ermittlung betraut war. „Herr Lessing ist ein alter Freund und auf meine Veranlassung hier. Niemand kennt sich mit Opern und mit diesem Theater so gut aus wie er."

Die beiden so ungleichen Männer umarmten einander, und Kriminalhauptkommissar Anton Neumann klopfte dem Runden mit dem langen Haar etwas ungelenk, aber durchaus freundschaftlich auf die Schulter.

„Wer hat den Speer geführt, Anton?", fragte der den Kriminalhauptkommissar.

„Christian Walther. Er spielt und singt den Hunding", antwortete der.

„Mit dem würde ich gern als Erstes sprechen", sagte Leo Lessing.

Der Zorn der Enkel

Polizeipräsidium Mannheim
L6, 1
Montag, 26. 3. 2012

Leo Lessings Gespräch, das er zusammen mit Kriminalhauptkommissar Anton Neumann mit Christian Walther alias Hunding geführt hatte, war ergebnislos geblieben; der in Wien geborene Bassist war am Boden zerstört, und beiden Männern war sehr schnell klar geworden, dass der dunkelhaarige, eher zart gebaute Mann sicher alles Mögliche gewollt haben mochte, aber seinen Sangeskollegen Wittich zu ermorden gehörte fraglos nicht dazu.

Die Leute von der Spurensicherung waren irgendwann gegen Mitternacht fertig und packten ein. Neumann hatte in der Zwischenzeit nicht weniger als viermal mit seiner Lebensgefährtin Dorothea Oberland telefoniert. Dorothea stammte aus Freiburg. Sie arbeitete bei der SAP als Consultant einer der zahlreichen Forschungsabteilungen, war ursprünglich Physikerin und hielt von Opern wenig und noch weniger von Unpünktlichkeit.

Zunehmend kleinlaut hatte er ihr zu erklären versucht, warum es mit dem geplanten späten Nachtessen bei *Frenk's*, Mannheims Almost-Allnight-Italiener in der Fressgasse, nichts werden würde. Das letzte Telefongespräch hatte damit geendet, dass sie ihm in frostigem Tonfall nahegelegt hatte, doch in dieser Nacht lieber daheim oder ihrethalben auch in seiner Gartenlaube zu nächtigen.

Entsprechend übel gelaunt und zerknautscht war er an diesem Morgen zur Arbeit erschienen. Zum Glück war unmittelbar nach ihm Oberstudienrat Dr. Leo Lessing bei ihm aufgetaucht, zwei große Macchiato to Go und Streuseltaler unter dem Arm, und hatte ihm eröffnet, er habe Osterferien und werde seinem alten Freund Anton gern zur Seite stehen. Lessing begriff nicht, was den alten Freund an Frau Oberland so faszinierte, aber wie sagte doch Fontane so schön? „Die Liebe fällt nicht immer auf ein Rosenblatt.“ Immerhin musste er widerstrebend zugeben, dass er Anton noch nie so glücklich gesehen hatte wie seit er sein Leben mit dieser „Doro“ teilte.

Dankbar hatte der Kriminalhauptkommissar Lessings Frühstücksangebot angenommen, sich heißhungrig über Kaffee und Teilchen hergemacht und sich im Anschluss an das improvisierte, aber delikate Frühstück mit seinem Freund dem naheliegenden nächsten Mosaiksteinchen dieses Falles zugewandt: der Mordwaffe. Gegen zehn rief Steffi Hunger an und bat Neumann, in ihre Werkstatt zu kommen, sie habe ihm etwas Interessantes zu zeigen.

Schicksalsergeben stemmten sich die beiden ungleichen Freunde in ihren Wintermänteln gegen den schneidenden Wind, der durch die Quadrate pfiff, gingen aber dennoch zu Fuß, dicke Schals um den Hals geschlungen, auch wenn Lessing mehrfach die Nutzung seines BMWs anbot.

Es lag Schnee in der Luft.

Im Nationaltheater angekommen wurden die beiden Ermittler von der Herrin der Requisiten im Foyer in Empfang genommen. Zu einer grob gestrickten, langärmeligen grauen Wollweste trug sie Jeans und ein weinrotes T-Shirt mit einem aufgedruckten, knochenfarbenen Stierschädel und der Aufschrift „Subway to Sally“. Sie führte Lessing und Neumann auf verschlungenen Wegen in die Keller unter dem bauhausbeeinflussten Betonklotz am Goetheplatz. Hinter einer weißen

Stahltür, die auch schon bessere Tage gesehen hatte und die ein massives Schloss aufwies, lag die Werkstatt der Waffenmeisterei – und dort wies Frau Hunger Lessing und Neumann auf Schneidereste hin, die ziemlich eindeutig belegten, dass hier der Schaumstoffüberzug für die Klinge hergestellt worden war.

„Hmm …", sagte Lessing. Neumann hingegen fragte kriminalistisch routiniert: „Wer hat alles Zugang zu diesem Raum?"

„Man kommt hier nur mit einem Schlüssel rein. Einen solchen haben der Leiter der Waffenmeisterei, Simon Lindenbaum, und seine beiden Stellvertreter, Amelie Gerhard und Rolf Ellenhoch. Bringen Sie eigentlich immer artfremde Unterstützung zu Ihren Recherchen mit?" Ihr Tonfall war eindeutig belustigt, aber in keiner Weise aggressiv.

Ehe Neumann in die Verlegenheit kam, der spitzzüngigen, koboldhaften Herrin der Requisiten zu antworten, klinkte sich Lessing ins Gespräch ein. Er wandte Frau Hunger unvermittelt seine volle Aufmerksamkeit zu, und ihr wurde schlagartig klar, dass seine Behäbigkeit und Unkonzentriertheit nur eine dünne Tarnschicht über einem messerscharf blitzenden Intellekt war.

„Sagen Sie … am Theater gibt es doch über jeden Kollegen, gerade über die Sänger und Schauspieler, Geschichten, Gerüchte und dergleichen. Was erzählt man sich denn über Ihren toten Kollegen?", fragte er.

Schlagartig wich jegliche Heiterkeit aus Steffi Hungers Gesicht. Klatsch und Tratsch waren augenscheinlich keine Lieblingsthemen der Requisitenchefin.

„Der Kollege Wittich war allseits beliebt", antwortete sie nach einer unmerklichen Pause, aber es klang mechanisch, als läse sie eine Pressemitteilung ab. „Er stammt irgendwo aus Niedersachsen, hat aber in Bayern Gesang und Violine studiert. 1996 hat er erstmals bei den Bayreuther Festspielen gesungen, und zwar den David in den *Meistersingern* …"

„Ja, ja, ich weiß schon, dass sein Name einen guten Klang unter Opernkennern hat", fiel ihr Lessing ins Wort. „Aber was sie mir eben erzählt haben, habe ich mir heute Morgen schon vor dem Frühstück in fünf Minuten ergoogelt. Was mich interessiert, ist eigentlich vielmehr, was man sich so in Kollegenkreisen über den Toten erzählt hat …"

„De mortuis nil nisi bene", sagte Frau Hunger ruhig. Neumann, der gerade dabei war, die Schaumstoffreste in einen Indizienbeutel zu verstauen, blickte ob des plötzlichen Sprachwechsels irritiert auf.

„Über die Toten nur auf gute, also angemessene Weise sprechen, sinngemäß: Wenn man über einen Toten nichts Gutes zu berichten weiß, dann soll man in einer Weise über ihn sprechen, die berücksichtigt, dass der Tote sich nicht mehr wehren kann – oder eben schweigen. Die verbreitete Übersetzung ‚Über die Toten sage man nur Gutes' ist sprachlich falsch. Eine ursprünglich Chilon von Sparta, später dann durch Plutarch Solon von Athen zugeschriebene Wendung", beschied ihn sein Freund Lessing. Dann wandte er sich wieder an Steffi Hunger:

„Sie haben also über den Toten nichts Gutes zu berichten?"

„Das haben Sie gesagt." Das feine Lächeln war wieder da. „Ich kannte den Toten kaum. Überhaupt, wie das klingt, ‚den Toten' – hören Sie mal, Herr …"

„Lessing", soufflierte Leo Lessing.

„… Herr Lessing, der Mann hatte einen Namen und ein Gesicht, er hieß Hendryk Wittich …"

„… und wird im Zwischennetz auf der Heimatseite des Nationaltheaters in den höchsten Tönen gelobt, ich weiß", seufzte Lessing.

„Tja, mehr kann ich Ihnen auch nicht sagen“, versetzte die Herrin der Requisiten mit einem Achselzucken. „Ich pflege keinen besonders engen Umgang mit den Herren Tonkünstlern.“

„Wie sieht das noch mal mit dem Schlüssel aus?“, griff Kriminalhauptkommissar Neumann ins Gespräch ein, um zu verhindern, dass Lessing die Zeugin noch weiter provozierte. „Haben wirklich nur Sie vier Zugang zu diesem Raum?“

Fragend legte Frau Hunger den Kopf schief.

„Na ja, kann es nicht vorkommen, dass einer dieser vier Schlüssel mal irgendwo … liegt oder hängt und sich jemand unbemerkt Zutritt verschafft?“

„Hören Sie, dies ist zwar die einzige relevante deutsche Vierspartenbühne, aber es ist vor allem auch ein Kulturbetrieb mit einem *deutschen* Verwaltungswasserkopf“, beschied ihn Frau Hunger. „Man würde uns den Kopf abreißen, wenn wir den Schlüssel zu einem nach Arbeitsschutzrichtlinien mit einem Schloss zu sichernden Werkraum unbewacht herumliegen lassen würden.“

Neumann nickte. „Dann werden wir wohl oder übel als Nächstes mit Ihren drei Kollegen reden müssen.“

Die Herrin der Requisiten nickte. „Da dachte ich mir schon. Allerdings …“

Leo Lessings Kopf ruckte herum. „Ja?“

„Allerdings können andererseits gerade Amelie und ich sicher nicht garantieren, dass niemals jemand an unserer Handtasche war …“, sie klopfte auf die Umhängetasche, aus der sie zuvor ihren Schlüsselbund geholt hatte, „… während wir dienstlich an allen möglichen Orten im Haus unterwegs waren. Außerdem könnte jeder der Großkopferten einen Schlüssel für hier unten haben … der kommissarische Generalintendant, der technische Direktor, der Hausinspektor …“

„Ja, mit all denen werden wir auch sprechen", sagte Neumann schicksalsergeben. „Außerdem werden wir die privaten Verhältnisse des Opfers durchleuchten, vielleicht finden wir da eine Spur."

In diesem Augenblick flog irgendwo auf dem langen, weißgetünchten Betonkorridor eine Metalltür so heftig auf, dass sie gegen die Wand knallte, und eine junge Frau kam in den Gang gestürmt, im Schlepptau einen atemlos wirkenden Mann. Lessing aber hatte zunächst nur Augen für die junge Frau.

Sie war klein, nur wenig über einen Meter sechzig, sportlich gebaut und trug natogrüne Cargohosen, ein schwarzes Hoodie und an den Füßen ochsenblutrote Doc Martens – aber das Auffallendste war ihr Haar, das man nur als Lockenpracht bezeichnen konnte – eine wahre Flut dunkelbrauner, offenbar natürlicher Korkenzieherlocken umwirbelten ein herzförmiges Gesicht mit riesigen braunen Augen. Lessing hatte die junge Frau, die er auf Ende zwanzig schätzte, noch nie zuvor gesehen, war aber auf Anhieb sicher, er würde sie nie mehr vergessen.

Den Mann hinter ihr hingegen kannte er aus der Zeitung: Der dunkle, graumelierte Lockenkopf, der der energischen jungen Dame folgte, gehörte dem ziemlich gestresst wirkenden kommissarischen Generalintendanten des Nationaltheaters, Will Fendrich.

Unmittelbar vor Leo Lessing kam die junge Frau zum Stehen. „Sie sind die Ermittler, die sich mit Wittichs Tod befassen?", begann sie ansatzlos.

Kriminalhauptkommissar Anton Neumann nickte einigermaßen überfahren.

„Suchen Sie in der Vergangenheit. Weit in der Vergangenheit. Dann wird alles klar." Mit diesen Worten machte sie auf dem Absatz kehrt und stürmte von dannen, den Weg wieder zurück, den sie gekommen war. „Ira …“, rief Fendrich und sah ihr vollkommen sprachlos nach. Dann besann er sich seiner Manieren und wandte sich dem Trio zu, das im Eingang der Werkstatt der Waffenkammer stand.

„Entschuldigen sie den hitzigen Auftritt. Fendrich mein Name, Will Fendrich.“

„Ah, der kommissarische Generalintendant“, bemerkte Neumann überflüssigerweise.

„Genau“, sagte der mit einem schiefen Grinsen. „Übrigens ein Titel, der aus dem Beamtendeutschen übersetzt bedeutet ‚Mann, der überall die Kastanien aus dem Feuer holen muss, ohne den erforderlichen Rückhalt dafür zu genießen‘.“

„Das ist gut“, sagte Neumann, „mit Ihnen wollte ich gern als Nächstes sprechen.“

„Gehen wir doch rüber in mein Büro“, sagte Fendrich, der niemals wirklich stillzustehen schien, und setzte sich in Bewegung.

„Rüber?“, mischte sich Lessing ein.

„Ja, die Verwaltung ist drüben über der Studiobühne im Werkhaus untergebracht. Da gibt es übrigens auch einen phantastischen Kaffee … ich selbst kann mit dem Monster in meinem Vorzimmer zwar nicht umgehen, aber meine Referentin ist ein Genie, und nicht nur, was das angeht.“

Es blieb dann nicht bei dem einen Kaffee. Zwar wurde ziemlich schnell klar, dass Fendrich zur Aufklärung des Falles wenig bis gar nichts beizutragen hatte, doch er erwies sich als geistreicher Plauderer und pointierter Formulierer. Vor allem Leo Lessing war er auf Anhieb sympathisch. Bald verlegten die drei Männer ihr Gespräch zu einem zeitigen Mittagessen in die nahegelegene Berliner Straße, wo sie in *Lara's Café* die berühmten Crostini und diverse andere Leckereien zu Mittag aßen und bei diesen Köstlichkeiten und einem Glas Pfälzer

Grauburgunder lustvoll die Mannheimer Kulturpolitik sezierten.

Gegen halb drei und nach je zwei doppelten Espressi trennte man sich. Neumann ging ins Präsidium, um den familiären und finanziellen Background des Toten zu durchleuchten. Fendrich hatte ein Telefoninterview mit dem Mannheimer Morgen. Leo Lessing zog sich auf seine geliebte blaue Couch in der „Bibliothek“ zurück, einem nur mit deckenhohen Bücherregalen und diesem Liegemöbel ausgestatteten Raum seiner Vier-Zimmer-Küche-Bad-Wohnung in der Oststadt, um in Folge 4 von Bastian Sicks „Der Dativ ist dem Genitiv sein Tod“ zu schmökern, in dem der Spiegel-Zwiebelfisch-Kolumnist das Allerneueste aus dem Irrgarten der deutschen Sprache präsentierte.

Erst ungefähr auf Seite hundert wurde ihm klar, dass er vergessen hatte, Will Fendrich nach dem vollen Namen der geheimnisvollen Ira zu fragen.

Ira Mendelssohn betrat Zimmer Zwei der Palliativstation des Klinikums Mannheim und ließ sich am Bett des Greises nieder.

„Es ist so weit, Opale“, sagte sie und griff nach seiner blaugeäderten Hand. „Du hattest recht. Es geht los. Der ganze Kram kommt wieder hoch …“

Der alte Mann wandte den Kopf um einige Millimeter in ihre Richtung. Es war ein wenig düster hier im Zimmer, aber Ira Mendelssohn hätte schwören können, dass ihr Großvater lächelte.

Dies Irae

Polizeipräsidium Mannheim
L6, 1
Mittwoch, 28. 3. 2012

Leo Lessing hatte wieder einmal bis weit nach der Geisterstunde gelesen. Als an jenem Mittwochmorgen der Wecker um acht Uhr klingelte, öffnete er daher nur ein Auge, sah die regenschweren, grauen Wolken, die ein zweifellos kalter Wind äußerst zügig vor sich hertrieb, und beschloss, noch fünf Minuten liegen zu bleiben.

Es war einer jener Tage, an denen man ohne Grund mürrisch erwachte und diese Stimmung einen den ganzen Tag nicht mehr losließ.

Aus den fünf Minuten wurden knapp zwei Stunden, und so war es schließlich schon deutlich nach zehn, als Leo Lessing in einen immensen, grauweiß gestreiften Frotteebademantel gehüllt mit nassem, wirrem Haar aus der Dusche getappt kam und barfuß in die Küche schlurfte, um sich seinen absolut unverzichtbaren Morgentee zuzubereiten. Mit der überdimensionierten Tasse, auf der phantasievolle Illustrationen und schlagwortartige Gemeinplätze über sein Sternzeichen, Schütze, prangten, zog er sich an seinen geliebten antiken Eckschreibtisch aus afrikanischem Mahagoni zurück und entnahm dem Fächeraufsatz desselben einen karierten Din-A4-Notizblock (natürlich Umweltschutzpapier) und seinen nicht minder geliebten Füllfederhalter, ein schwarzes Monstrum von Montblanc Masterpiece. Nach kurzem Nachdenken notierte er in seiner schwungvollen, von lebenslangem Vielschreiben geübten Handschrift in graublauer Tinte vier Namen untereinander:

Steffi Hunger
Simon Lindenbaum
Amelie Gerhard
Rolf Ellenhoch

Dann betrachtete er eine Weile diese auf den ersten Blick erfreulich kurze Liste nachdenklich. Ihm war klar, dass es neben den vier Notierten noch eine ganze Reihe von anderen Requisiteuren und Requisiteurinnen gab, aber nur diese vier hatten den Angaben Frau Hungers zufolge einen Schlüssel für den Raum, in dem das Tatwerkzeug hergestellt worden war.

Dann war da noch diese Ira, die ihm seit der Begegnung im Theater nicht mehr recht aus dem Kopf gehen wollte und die angedeutet hatte, irgendwelche Geschichten aus der Vergangenheit spielten eine Rolle. Aber aus welcher Vergangenheit? Der des Toten? Oder der des Theaters? Oder einer noch ganz anderen? Er musste noch einmal mit ihr sprechen, doch dazu musste ihm ihr voller Name bekannt sein. Er wusste nicht warum, aber er war aus irgendeinem Grunde davon überzeugt, dass ihre Bemerkung die erste verwertbare Spur in diesem Fall darstellte, wenn man das denn so nennen konnte.

Leo Lessing ging hinüber in sein Schlafzimmer, um sich anzuziehen. Diese Bademantelgammelei musste ein Ende haben! Er stieg gerade in die gemütlichste Cordhose, die er sein eigen nannte, als das Telefon klingelte. Es war Neumann. Ehe der Kriminalhauptkommissar auch nur ein weiteres Wort nach seinem Namen gesagt hatte, platzte Lessing heraus:

„Gut, dass du anrufst, mein Lieber. Ich war auch gerade auf dem Weg zum Telefon, um bei dir durchzuklingeln." Technisch gesehen war das ein Euphemismus, wenn man bedachte, dass er mit nacktem Oberkörper, in offener Cordhose und mit Birkenstock-Clogs an den Füßen aus dem Schlafzimmer herbeigeeilt war, aber es handelte sich ja schließlich nicht um

Bildtelefonie. „Weißt du, wie diese Ira mit Nachnamen heißt? Du weißt schon, die junge Frau, die uns gestern so dringend geraten hat, unseren Blick in die Vergangenheit zu wenden?“

„Ja, das haben wir recherchiert. Sie heißt Ira Mendelssohn, ist achtundzwanzig Jahre alt und arbeitet in der Schreinerei am Theater.“

Leo Lessing klemmte sein schnurloses Telefon ans Ohr und schraubte mit der rechten Hand und unter Zuhilfenahme seines Mundes – in der Linken hatte er das Hemd, das er zu tragen beabsichtigte – in aller Eile den Masterpiece erneut auf. Während die Feder übers Notizpapier glitt, nuschelte er an der Füllerkappe vorbei ein Dankeschön ins Mundstück des Telefons, das allerdings eher wie „Nangefööön“ klang.

„Alles in Ordnung bei dir, Leo?“, fragte Anton Neumann irritiert zurück.

Der Angesprochene arrangierte hektisch Füllfederhalter, Hemd und Telefon neu und sagte: „Ja klar. Gibt es bei euch sonst noch etwas Neues?“

„Ich habe erste, vorläufige Berichte der KTU vorliegen“, hörte er seinen alten Kumpel am anderen Ende der Leitung sagen. Das Rascheln von Papier verriet, dass der Herr Kriminalhauptkommissar wohl gerade darin blätterte. „Das zerbrochene Schwert Siegmunds war wie jeden Abend aus Zuckerguss. Unmanipuliert“, begann er. Lessing nickte innerlich. Damit hatte er auch nicht gerechnet.

„Sonst noch was?“, fragte er.

„Öffentlich werden wir das nicht machen, aber dir kann ich’s ja sagen – der Herr Heldentenor hatte schwere Schulden. Im Umfeld wird von Spielsucht gemunkelt. Aus jahrelanger Erfahrung tippe ich auf einen schiefgegangenen Erpressungsversuch: Der wollte sich bei irgendjemandem Geld besorgen, in dessen schmutzige Wäsche er einen zu genauen Eindruck hat. Und das Opfer der Erpressung hat die Rechnung auf unerwartete Weise beglichen.“

„Seit wann hat er diese Schulden?“

„Die Lage scheint schon seit Jahren prekär zu sein.“

„Hmm … gut“, machte Leo Lessing.

Sein Füllfederhalter malte einen Kringel um den fünften Namen auf seiner Notizblockliste.

Ira Mendelssohn.

Nationaltheater am Goetheplatz
Mannheim
Zweites Kellergeschoss, Requisitenlagerraum
Mittwoch, 28. 3. 2012

Der feiste Mann, der trotz des für die Jahreszeit zu kühlen Wetters in seinem geschmacklosen, rot-weiß-gelben Hawaiihemd schwitzte, schob ächzend die schwere Requisitentruhe beiseite. Er schickte sich an, zum wiederholten Male einen Trip in den Untergrund der Quadratestadt zu machen, in einen Untergrund, den nur wenige kannten und von dessen Existenz auch er bis vor Kurzem nicht die geringste Kenntnis besessen hatte.

„Ich bin Ihnen für Ihre Mühen zu großem Dank verpflichtet, Herr Timmermann", sagte der graue Mann, der neben ihm stand, wie stets makellos, als sei er gerade den Seiten eines Prospektes für gehobene Herrenmode entstiegen.

„Ich bin Ihnen doch gern behilflich, Herr Doktor, das wissen Sie doch", schnaufte der Angesprochene in breitestem Kurpfälzer Dialekt.

„Ja, das weiß ich." Beiläufig warf der schmale Mann in Grau einen Blick auf seine Patek-Philippe-980-G-Taschenuhr und zog dann kaum merklich die Augenbrauen hoch. „Machen Sie weiter, Herr Timmermann, und halten Sie mich auf dem Laufenden. Sie wissen ja, vor den Erfolg haben die Götter den Schweiß gesetzt. Ich muss Sie leider etwas überstürzt verlassen – ich habe noch einen Termin bei meinem Schneider und muss später noch einige Briefe diktieren."

„Ich mach weiter, klar – und ich lass von mir hören." Der Mittfünfziger klappte bei diesen Worten ächzend die schwere Stahlluke im Boden auf.

„Da bin ich mir ganz sicher", sagte der Mann in Grau und wandte sich zum Gehen.

Als der elegant gekleidete Herr mit dem vorzeitig ergrauten vollen Haarschopf und der randlosen Brille den Parkplatz erreichte, auf dem er seinen Mercedes geparkt hatte, meldete sich in seiner Jacketttasche mit dezenten Piepstönen sein Mobiltelefon. Er nahm das nagelneue iPhone 5 ans Ohr und sagte: „Ja?“

„Guten Tag, Herr von Bahrenfeld. Ich müsste Sie dringend sprechen. Geht das?“ Eine kultivierte, leicht rauchige Stimme. Seiner nicht unbeträchtlichen Erfahrung mit Frauen nach zu urteilen gehörte die Stimme einer Endzwanzigerin.

„Wer spricht denn da?“, fragte er neugierig.

„Mein Name tut nichts zur Sache“, antwortete seine Anruferin.

„Dann habe ich keine Veranlassung, mich mit Ihnen zu unterhalten“, sagte von Bahrenfeld kühl. Sein Finger war kurz davor, das Gespräch zu unterbrechen.

„Nein! Nicht auflegen“, rief die Anruferin. „Sie werden mich treffen“, fuhr sie mit jähem Ungestüm fort, „Sie werden mir zuhören, und dann bekomme ich ein paar Antworten von Ihnen. Zum Beispiel zum Tod von Hendryk Wittich.“

„So läuft das nicht …“, begann er.

„Oh doch“, entgegnete sie hitzig. „Genau so läuft das. Und wenn nicht, dann mache ich Sie fertig, Bahrenfeld. Also: Wo kann ich Sie treffen?“

„Dem letzten Menschen, der es gewagt hat, mich zu bedrohen, tut heute leid, dass er je geboren wurde“, sagte der graue Mann eisig.

„Sie haben meine Frage nicht beantwortet. Wo treffen wir uns?“

Doktor Magnus von Bahrenfeld stand eine Weile stumm da, das iPhone am Ohr, und ließ den schneidenden Märzwind sein graues Haar zerzausen.

„Was wäre Ihnen denn als Treffpunkt genehm?“

„Es gibt die klassischen zwei Möglichkeiten“, antwortete seine Anruferin mit einem Anflug schwarzen Humors. „Zu Ihnen oder zu mir.“

„Ich werde zu Ihnen kommen.“

Seine Gesprächspartnerin erhob keinen Einspruch. „Zwanzig Uhr“, sagte sie. „Die Adresse kommt per SMS.“ Dann legte sie auf.

Von Bahrenfeld blieb noch einen Moment still stehen, atmete tief durch und dachte an nichts. Das Innere leer machen. Zum Krieger werden. Dann änderte er kurz entschlossen seine Tagespläne, ließ den Wagen stehen und überquerte die Ebertstraße, um durch den frei zugänglichen Unteren Luisenpark in den eintrittspflichtigen ehemaligen Bundesgartenschau-Bereich hinüberzugehen. Dieser Teil der weitläufigen Anlage, der Obere Luisenpark mit seinem knappen halben Quadratkilometer Fläche, war für von Bahrenfeld eine Art zweites Wohnzimmer geworden – dort ging er oft stundenlang spazieren, um sich zu zentrieren, seine innere Mitte zu finden, intensiv nachzudenken und Probleme zu lösen.

Bis er gegen sechzehn Uhr im chinesischen Teehaus Platz nahm und einen Oolong mit einigen Teigtaschen bestellte, hatte er die SMS seiner geheimnisvollen Anruferin.

Und einen Plan.

Bei Straßenheim handelte es sich um einen gut verborgenen Schatz unter den Mannheimer Stadtteilen, den kleinsten überhaupt. Er lag zwar in unmittelbarer Nähe des riesigen Einkaufszentrums, das aus einem Real, einem XXXL-Möbelhaus und diversen Satelliten-Einzelhandelsgeschäften bestand und nicht weit vom Rhein-Neckar-Zentrum, einer riesigen Mall im direkt an die Quadratestadt grenzenden hessischen Städtchen Viernheim, und war auch an die Innenstadt gut angebunden. Dennoch war Straßenheim ringsum von Feldern und Wiesen umgeben, eine dörfliche Oase mitten im Stadtgebiet – wer hierher zog, den gelüstete es nach Ruhe und Entspannung. Wenn man in dieses Eiland im Mannheimer Norden einfuhr, streifte man den Alltag unwillkürlich ab. Außer einem Tierarzt und der Reiter- und Diensthundestaffel der Mannheimer Polizei gab es hier nur Wohnhäuser.

Im Herzen dieses „Stadtteilchens" saß in einem kleinen, alten, liebevoll renovierten Häuschen schräg gegenüber dem alten Wasserturm Ira Mendelssohn. Sie benagte nachdenklich ihre Unterlippe und sah auf das Display ihres Handys. Hinter ihr an der Wand ihres Zimmers prangte eine große Schwarz-Weiß-Fotografie einer Straßenszene aus der britischen Hauptstadt, auf der nur einer der typischen Doppeldeckerbusse Londons knallrot koloriert war.

Das Mobiltelefon in ihrer Hand klingelte. Das Display teilte mit, ein ihr unbekannter Teilnehmer riefe an. Sie nahm das Gespräch an.

„Ja?"

„Guten Tag, mein Name ist Leo Lessing. Vielleicht erinnern Sie sich. Ich war gestern mit Kriminalhauptkommissar Neumann im Theater, und Sie haben uns den Tipp mit dem Blick in die Vergangenheit gegeben …"

„Leo Lessing. Witziger Name. Klingt nicht nach Bulle."

„Ich gehöre nicht zu den … Bullen. Ich helfe nur meinem Freund Neumann bei dieser Ermittlung aus", stellte der Mann am anderen Ende der Leitung richtig. Ira registrierte, dass er eine schöne Sprechstimme hatte.

„Das ist gut, von denen halte ich nämlich eigentlich nicht viel", sagte sie. „Was machen Sie denn, wenn Sie nicht der Staatsmacht unter die überforderten Arme greifen?"

„Das klingt, als sei ich ständig mit denen unterwegs. So ist es aber keinesfalls. Ich unterrichte Deutsch und Geschichte an einem Mannheimer Gymnasium."

Eine Weile konnte sie sich kaum einkriegen vor Lachen. Dann sagte sie: „Also gut, Herr Deutschlehrer-der-heißt-wie-ein-Dichter-der-Aufklärung, was kann ich für sie tun?"

„Na ja", kam es zögernd zurück, „ich bin nicht ganz sicher, wie ich Ihren Hinweis auffassen soll, und würde darüber gerne noch einmal mit Ihnen sprechen."

„Wissen Sie, wo Straßenheim ist?", fragte sie.

„Äh … ja, so grob. Das ist doch da hinter der Vogelstang in den Feldern, oder?"

„Witzig, das sagen die Leute immer. Aber ja, Sie haben recht." Es entstand eine Pause. Dann hörte Leo Lessing seine Gesprächspartnerin sagen:

„Ich will es Ihnen leicht machen, Herr Lessing. Warum kommen Sie nicht heute Abend zu mir, sagen wir … nach der Tagesschau?" Sie nannte ihm ihre Adresse.

„Gerne", sagte Lessing höflich. „Inwiefern macht mir das etwas leicht, Frau Mendelssohn?"

„Ganz einfach: Wenn Sie herkommen, dann liefere ich Ihnen Hendryk Wittichs Mörder gratis und frei Haus."

Ein kalter, kalter März

Mannheim-Straßenheim
Ortsstraße 39
Mittwoch, 28. 3. 2012

Das Monster in der grünen Bomberjacke glitt lautlos wie ein Schemen des Todes durch den kalten, strömenden Märzregen. Seit Einbruch der Abenddämmerung entlud eine riesige Gewitterfront, die an den Erhebungen der Bergstraße hängengeblieben war, ihre Wassermassen mit ungebrochener Heftigkeit über dem Rhein-Neckar-Dreieck.

Das Monster hatte seinen verbeulten schwarzen Golf auf der anderen Seite der K 9750, die hier im ländlichen Vorort Straßenheim naheliegenderweise „Ortsstraße" hieß, im Schatten des Wasserturms geparkt. Jetzt huschte es geduckt an einem langgezogenen, weißen Gebäude entlang, das früher einmal sicher zu einem Hofgut oder etwas Ähnlichem gehört hatte.

Drüben auf der anderen Seite erstreckte sich eine Wiese, soweit das Auge reichte, schlammig aufgeweicht und noch ohne jede Spur von Frühlingsgrün, und weit dahinter lag die Skyline der Stadt. Wenn der lange, harte Winter endlich vorbei war, würde diese Wiese sich wie alles rings um Straßenheim in ein grünfrisches Idyll wandeln. Dies war wahrhaftig ein Ort, an dem die Zeit stehengeblieben zu sein schien. Aber solche poetischen Gedankengänge kannte das Bomberjackenmonster nicht. Es hatte einen Auftrag, und es würde ihn erfüllen.

Sie hatten eine Feindin, die den großen Plan bedrohen konnte, und der Graf hatte herausgefunden, wo sie wohnte. Er hatte es dem Monster in der grünen Bomberjacke mitgeteilt, und es war losgezogen, die Bedrohung zu beseitigen. So, wie es jede Bedrohung der Bewegung beseitigen würde. Die Frage war nur noch, wie genau das vonstatten gehen sollte, aber da verließ sich das Monster auf seine geschulten Instinkte. Es war ein Templer, ein Paladin der guten Sache. Der deutschen Sache. Der Graf hingegen war ein Edelmann, ein geborener Führer, aber eher ein Mann der Intelligenz als der Tat – so prekäre Aufgaben nahm man ihm besser ab. Er wusste zwar auf fast jede Frage eine Antwort, aber in die Niederungen der Drecksarbeit ließ er lieber Frontkämpfer steigen. Wie das Monster. Den Paladin.

Wie Nils.

Noch zwei Schritte.

Nils drückte auf den Knopf neben dem Klingelschild mit dem Wort „Mendelssohn“.

„Das gibt es doch gar nicht“, nörgelte Leo Lessing und schlug mit der flachen Hand gegen das Lenkrad seines BMWs. Die Scheibenwischer arbeiteten auf Hochtouren, doch es half einfach nichts. Wasser strömte über die Windschutzscheibe, als hätte er aus Versehen unter einer laufenden Dusche geparkt. Im Schneckentempo kroch der Z3 über die Felder, und die kühl-dominante Ansagestimme seines Navigationssystems brachte Lessing, der nicht einmal bis zum Ende seiner Kühlerhaube sehen konnte, um den Verstand.

Aber wenn das der Preis dafür war, dass er Anton bei der Mörderjagd zuvorkommen konnte … sei’s drum. Zwei Rechtskurven später (eine davon inklusive kurzfristigem Wegrutschen des rechten Vorderrades, weil der Dauerregen den Feldrain so ausgespült hatte) teilte ihm Petra, wie Lessing die Stimme in seinem Navi insgeheim nannte, mit, er befinde sich auf der Ortsstraße. Jetzt fuhr er senkrecht gegen die Fallrichtung des Wolkenbruchs an, was die Sichtverhältnisse weiter verschlimmerte – obgleich Lessing das kaum noch für möglich gehalten hatte. Aus der Wasserwand vor ihm tauchte plötzlich mit einem blechernen Röhren und dem Aufblenden runder Scheinwerfer ein Kleinwagen auf. Er schoss auf Lessings Auto zu, schien es nur um Haaresbreite zu verfehlen und raste dann mit einer in keiner Weise den Witterungsverhältnissen angepassten Geschwindigkeit in die Richtung davon, aus der Lessing kam.

„Und was bitte stimmt mit dir nicht, du …?“, regte sich Lessing auf. Er vermeinte, kurz gesehen zu haben, dass der andere Wagen dunkel und nicht mehr taufrisch war, aber er hatte genug damit zu tun, sein eigenes Fahrzeug auf der Straße zu halten.

Als er vor der Hausnummer 39 zum Stehen kam, fiel ihm trotz des strömenden Regens auf, dass die petrolgrün lackierte, hölzerne Haustür einen Spaltbreit offen stand. Durch das Rauschen des Wassers drang das klägliche Miauen einer Katze an sein Ohr. Leo Lessings innere Alarmglocken begannen allesamt gleichzeitig zu schrillen. Eine kalte Hand griff nach seinem Herzen. Hier stimmte etwas ganz und gar nicht.

Kurz entschlossen zückte er sein Handy und wählte Anton Neumanns Nummer.

Es läutete eine ganze Weile, dann meldete sich sein alter Freund: „Hallo Leo! Was gibt’s denn?“

„Ich stehe vor dem Haus von Ira Mendelssohn“, sagte Lessing. „Also genauer gesagt, ich sitze im Wagen davor. Und hier stimmt etwas ganz und gar nicht. Kannst du bitte so schnell wie möglich nach Straßenheim rauskommen?“

„Du, ich bin grad bei … ach, vergiss es. Ich bin gleich da.“ Neumann kannte diesen Ton in Lessings Stimme. Er war bereits auf dem Weg zur Tür, als aus der angrenzenden Küche seine Lebensgefährtin Dorothea das Wohnzimmer betrat, zwei Gläser Winzersekt in der Hand.

„Wo willst du denn jetzt noch hin? Und bei dem Wetter?“, fragte sie ungläubig.

„Leo hat angerufen … ich glaube, er braucht dringend Hilfe …“, sagte Neumann kleinlaut.

„Das glaube ich jetzt nicht“, sagte Dorothea. Sie war ganz blass geworden, und die Hände, die den Sekt hielten, zitterten ein wenig.

„Es dauert nur ein kurzes Weilchen, dann bin ich wieder da, ja Süße?“, versuchte der Kriminalhauptkommissar zu beschwichtigen.

Dorothea ließ eines der beiden Gläser fallen. Es zerschellte lautstark auf den Steinfliesen ihres Wohnzimmers.

„Scher dich weg, Anton“, sagte sie tonlos. „Kümmere dich um deinen Freund Leo, aber komm nicht wieder her. Schlaf daheim, ich möchte den Rest des Tages allein sein.“

„Und … was ist mit unserem Osterausflug?“, erkundigte Neumann sich vorsichtig. Er und Dorothea hatten am folgenden Tag zu einem fünftägigen Kurzurlaub an den Kaiserstuhl aufbrechen wollen.

„Darüber reden wir morgen – ich bin nicht in Stimmung für Diskussionen zwischen Tür und Angel. Ruf mich um die Mittagszeit an, bis dahin sollte ich wieder mit dir reden können, ohne dass mir die Stirnader platzt.“

Neumann nickte, nahm seine Goretex-Jacke von der Garderobe, streifte sie über und trat hinaus in den Regen.

„Hallo? Frau Mendelssohn? Sind Sie da?“

Leo Lessing hatte nach Beendigung seines Telefonats mit Neumann festgestellt, dass er zu unruhig war, um im Auto sitzen zu bleiben und auf das Eintreffen des Freundes zu warten. Also hatte er von der Rückbank seinen schwarzen Stockschirm geangelt und sich in den herabpladdernden Märzregen hinausgewagt. Auf sein Klingeln, sein Klopfen und sein wiederholtes Rufen hatte es von drinnen keine Reaktion gegeben. Nur die Katze miaute immer noch kläglich.

Lessing drehte sich um, warf dem Regen einen persönlich beleidigten Blick zu und drückte dann kurz entschlossen die angelehnte Tür auf. Ein Schatten schoss auf ihn zu, und Lessing wollte zuerst instinktiv ausweichen (was in dem engen Flur, den er betreten hatte, seine ganz eigenen Herausforderungen mit sich gebracht hätte). Doch dann wurde ihm klar, dass es sich bei dem Schatten nur um eine dicke, behäbige, graugetigerte Katze handelte, die das Miauen eingestellt hatte und ihm jetzt Zuwendung fordernd um die Beine strich.

„Frau Mendelssohn? Sind Sie da?“, rief Lessing erneut. Wiederum keine Antwort.

Leo Lessing ließ seinen Blick schweifen. Ein Flur, links und rechts je zwei Türen, geradeaus eine Türöffnung, aus der man die Tür herausgenommen hatte und hinter der, wie er aus der Sofaecke, die er von seinem Standort aus erkennen konnte, schloss, wohl ein Wohnzimmer lag. Er öffnete die Tür zu seiner Rechten und sah ein ziemlich kleines, aber aufwendig und geschmackvoll restauriertes Bad. Fliesen in Weiß mit einer altrosa Zierborte. Lessing trat ein, was sich ziemlich raumfüllend gestaltete, und machte methodisch Bestandsaufnahme. Zwei Zahnbürsten in zwei Zahnputzbechern, ein hohes, schmales Regal voller Kosmetika und Handtücher. Mehrere offene Tampon-Schachteln, zwei Föhne, aber kein Rasierapparat. Im vollverglasten, ebenerdig begehbaren Duschbereich mit Regenwaldduschkopf zwei verschiedene Shampoos in Friseurqualität, eines für koloriertes, das andere für strapaziertes Haar, und jede Menge Duschbäder und Pflegeprodukte. In einer an der Duschstange angebrachten Metallhalterung hingen mit dem Stiel nach unten ein rosa und ein türkisgrüner Einwegrasierer.

„Hier leben zwei Frauen“, verstand Lessing. Die Katze war auf den Klodeckel gesprungen und beobachtete aufmerksam, was der dicke Mann da im Reich seiner Dosenöffnerinnen tat.

Lessing trat in den Flur zurück, bewegte sich Richtung Durchgang zum Wohnzimmer und verlegte sich erneut aufs Rufen. „Frau Mendelssohn? Mein Name ist Leo Lessing, ich bin hier, weil Sie mir jemanden vorstellen wollten …“

Wieder keine Antwort. Sollte er vielleicht doch besser auf Anton warten?

„Nein“, argumentierte er innerlich mit sich selbst, „wenn ihr irgendetwas zugestoßen ist, kann ich nicht riskieren, ihr nicht zu helfen.“ Er stand noch unschlüssig im Flur, als er draußen einen Wagen vorfahren hörte. Nicht schlecht – Neumann wohnte zwar gleich in Wallstadt drüben, aber in der kurzen Zeit hätte das nicht jeder geschafft.

Anton rief, dann kam er herein, und die beiden alten Freunde nickten einander zum Gruß zu. Dann zog Neumann seine Dienstwaffe, und mit zwei raschen Schritten betraten sie möglichst leise das Wohnzimmer. Es nahm zusammen mit der angrenzenden offenen Wohnküche das rechte hintere Drittel des Hauses ein, aber auch hier war niemand. Allerdings fanden sie am Fußende einer der beiden cremefarbenen Couchen im Landhausstil einen knapp handtellergroßen Blutfleck am Boden. Ansonsten gab es auf der anderen Seite der Diele noch zwei Schlafzimmer, von denen das eine das Ira Mendelssohns war, wie die beiden ungleichen Ermittler unschwer daran feststellen konnten, dass vor dem Bett die ochsenblutroten Doc Martens standen, die sie im Theater getragen hatte, und über der Rückenlehne eines morschen Holzstuhls ihre natogrüne Cargohose und das schwarze Hoodie lagen, die sie bei ihrer Begegnung am Vortag angehabt hatte.

Das andere gehörte ebenfalls einer Frau, der Kleidung im Schrank und den Kommoden nach zu urteilen ebenfalls einer noch jungen. Das gesamte, liebevoll restaurierte Bauernhaus war eher spärlich möbliert, aber die Dinge, die es gab, zeugten von einem guten, wenn auch ausgefallenen Geschmack, andererseits aber auch davon, dass die Bewohnerinnen keine unendlichen Finanzmittel in dieses Haus hatten stecken können. Als Wandschmuck dienten ausschließlich gerahmte Theaterplakate aus mehreren Jahrzehnten und von allen möglichen Häusern Europas.

„Häng dich rein, Anton, ihr müsst Ira Mendelssohn schnell finden“, brummte Lessing, nachdem sie ihren oberflächlichen Rundgang beendet hatten. „Und beeil dich bitte – ich mache mir große Sorgen.“

Neumann nickte stumm und fischte sein Handy aus der Tasche seiner Allwetterjacke. Wenige Augenblicke später hörte Lessing ihn sagen:

„Kriminalhauptkommissar Neumann hier, Herr Kollege – seien Sie doch bitte so nett und geben eine Fahndungsmeldung für mich heraus …“

Am nächsten Morgen gegen fünf Uhr morgens wussten sie mehr. Paul Ringer, ein prominenter Mannheimer Architekt, baute gerade einen alten Notgetreidespeicher in der Rheinvorlandstraße im Mannheimer Rheinhafen zu einer Kombination aus Bürogebäude, Hotel und Restaurant um. Das ehrgeizige, visionäre Projekt „Speicher 7“, das zeigen sollte, was man alles erreichen konnte, wenn man entschlossen war, das Hafengebiet aufzupolieren, kam gut voran, und das Architekturbüro selbst war bereits in provisorische Räume in dem Gebäude umgezogen.

Nach einer Sitzung dort am Mittwochabend hatte Ringer seinen Organizer im Büro vergessen. Nun war er auf dem Weg nach Frankfurt, von wo aus er nach Genf zu fliegen gedachte, und hatte sich spontan entschlossen, den edlen Organizer auf dem Weg abzuholen.

Als er seinen Mercedes auf den Kai vor dem Speicher lenkte, fiel ihm auf, dass der schwere Metallkippdeckel einer der dort abgestellten orangen Bauschuttcontainer sperrangelweit aufstand. Ringer, der ein sehr ordentlicher Mensch war, stieg aus und ging hinüber, um diesen Missstand zu beheben.

Dabei fand er auf einer Mischung aus Betonbrocken, Holz, sperrigen Armiereisenstücken und Plastikfolien eine weibliche Leiche. Beim Anblick des eingeschlagenen Schädels und des sonstigen Zustands des Körpers drehte sich Ringer der Magen um, er rang mit einem intensiven Brechreiz, und seine Hände zitterten, als der Architekt schockiert nach einem Puls tastete. Der nachtfeuchte Körper war noch leicht warm unter seinen Fingern.

Die zahlreichen weiteren Verletzungen an dem Leichnam, der da nackt und weiß wie eine Schaufensterpuppe, die ein irrer Dekorateur in wirre Verrenkungen gezwungen hatte, vor ihm im Schuttcontainer lag, sprachen eine mehr als deutliche Sprache: Die letzten Stunden vor ihrem Tod waren für sie nicht leicht gewesen.

Als Ringer seine Motorik wieder einigermaßen unter Kontrolle hatte, fischte er sein Handy aus der Tasche und wählte mit zitternden Fingern den Notruf.

Gemini

Hafen Mannheim
Speicher 7
Rheinvorlandstraße 7
Donnerstag, 29. 3. 2012
5.11 Uhr

„Können Sie mir schon sagen, ob man ihr diese zahlreichen Verwundungen posthum oder vor dem Tod beigebracht hat, Herr Grambitter?", fragte Neumann, hoffend wider besseres Wissen.

Der Kriminalhauptkommissar war etwa zwanzig Minuten nach Ringers Anruf zusammen mit der Spurensicherung am Tatort eingetroffen und hatte die Tote zweifelsfrei als Ira Mendelssohn identifizieren können. In ihm rangen seit dem ersten Blick auf den Leichnam tiefe Müdigkeit und schwere, alles erstickende Melancholie miteinander.

Grambitter, ein erfahrener Kriminaltechniker, der im eisigen Wind, der einige vereinzelte Schneeflocken vor sich her trieb, auf dem Kai vor dem hässlichen Betonklotz des Speichers 7 kauerte und im Licht einer starken Taschenlampe eine erste Leichenbeschau vornahm, sah angewidert auf. „Machen Sie Witze, Herr Hauptkommissar? Das sind ganz klar Folterspuren, und das sehen Sie auch. Erwarten Sie bitte nicht von mir, dass ich Ihnen etwas anderes erzähle, nur um ihre kunstbeflissene Seele zu schonen." Er knipste grunzend die Taschenlampe aus und gab zwei uniformierten Polizisten einen Wink, die daraufhin den Leichensack schlossen.

„Ich warte", versuchte es Anton Neumann mit Humor.

„Worauf denn?“, knurrte der dunkelhaarige Kriminaltechniker im Aufstehen.

„Na auf den Satz, dass es Weiteres erst nach der Obduktion gibt.“

„Den habe ich aus meinem Repertoire gestrichen – zu klischeehaft“, versetzte Grambitter. „Aber es stimmt natürlich trotzdem … ich lasse die Leiche nach Heidelberg schaffen, und die melden sich bei Ihnen.“ Er schnappte sich seinen Koffer und ging, die Latexhandschuhe abstreifend, zu seinem alten Subaru Jeep zurück.

„Herr Kriminalhauptkommissar“, meldete sich eine nasale Stimme aus dem Hintergrund. „Ich nehme an, ich kann jetzt auch mal langsam gehen – ich habe schließlich meine Zeit nicht gestohlen und muss dringend nach Frankfurt, meinen Flug kriegen.“

Anton Neumann drehte sich irritiert um. Er hatte den Architekten, der durchgefroren und zitternd hinter ihm stand, in all der Aufregung komplett vergessen. Stammelnd beeilte er sich, diesen unverzeihlichen Fauxpas wieder gutzumachen. Er müsse dringend an dem arbeiten, was man bei Ärzten als „Bedside Manners“ bezeichnete, hatte die Kollegin von Reichenbach neulich gesagt, und langsam beschlich ihn der Verdacht, sie könne Recht haben.

Er musste außerdem Leo Lessing Bescheid sagen.

Und er durfte auf gar keinen Fall vergessen, um die Mittagszeit Dorothea anzurufen, sonst war die Hölle los.

Eine Leiche mit Y-Schnitt, fahl weiß im grünlichen Neonlicht der Pathologie und mit dem friedlichen Gesichtsausdruck einer Schlafenden, hatte für Leo Lessing immer einen Nimbus des Unwirklichen. Aber die nüchternen Kommentare der

Rechtsmedizinerin Dr. Katharina Marker machten das, was er da sehen musste, auf unschöne Weise sehr real.

Dr. Marker war eine resolute Frau um die vierzig, die sich anzog, als sei sie um die dreißig, und sich das durchaus leisten konnte. Lessing vermutete, dass die brüske, manchmal regelrecht misanthropische Art der Pathologin ihre Methode war, das, was sie da regelmäßig auf den Tisch bekam, nicht allzu nah an sich heranzulassen.

Noch war Lessing selbst unklar, ob der rasende Zorn oder die abgrundtiefe Trauer, die angesichts dieses brutalen, sinnlosen Verbrechens in ihm miteinander rangen, die Oberhand gewinnen würde. Vergeblich sagte er sich, dass all das halb so schlimm sei, weil er es schon tausendmal in seinen geliebten Krimis und Thrillern gelesen hatte – was da vor ihm auf der Metallbahre lag, war nicht fiktiv, das war der Tod, real, unmittelbar und grausam.

Kürzlich hatte er sich quer durch die derzeit sehr angesagten Thriller Simon Becketts um den fiktiven britischen Forensiker David Hunter gelesen. Sie setzten auf wohldosierte Abseitigkeit und teilweise krassen Schrecken – und hatten ihn doch in keinster Weise auf das vorbereiten können, was die Realität, die ganz banale, brutale Mannheimer Wirklichkeit ihm an diesem Gründonnerstagmorgen vorsetzte.

„Ich habe mir die Tote gründlich angeschaut“, begann Dr. Marker ihren Bericht und blinzelte Neumann und Lessing über den Rand ihrer Hornbrille hinweg an. „Inzwischen kann ich mit Sicherheit sagen, dass sie zwar einen sehr heftigen Schlag mit einem stumpfen Gegenstand auf den Hinterkopf erhalten hat, von dem diese Platzwunde stammt …“, sie drehte den Kopf der Leiche und machte damit für ihre beiden Zuhörer einen Bereich des linken Hinterkopfes sichtbar, wo sie das Haupthaar der Toten wegrasiert hatte. In der hässlichen

Wunde sah man den Schädelknochen blitzen, und es waren winzige Knochenfragmente zu sehen. „… das war aber nicht die Todesursache, sondern ein Genickbruch, herbeigeführt durch die enorme Wucht, mit der der Schlag geführt wurde. Da ist jemand entweder in blindem Hass zuwege gegangen oder …“ Die gutaussehende Pathologin hielt inne.

„Oder was?“, hakte Leo Lessing nach.

„Oder eben im Gegenteil. In kühler Entschlossenheit und mit der unbedingten Absicht, diese junge Frau zu töten.“ Dr. Marker machte eine kurze Pause. Dann setzte sie hinzu: „Ich vermute eher, das Letztere ist der Fall.“

Dr. Marker deckte die Leiche mit einem grünen Tuch zu, schnappte sich einen Pappschnellhefter und überflog ihre Handnotizen, mit Kugelschreiber rasch hingeworfene Schnörkel.

„Zuvor ist sie gefoltert worden. Von jemandem, der genau wusste, was er tat. Schmerzen verursachen, ohne allzu großen Schaden anzurichten. Schläge ins Gesicht, oberflächliche Schnitte an Armen und Hals, Würgemale, Zigarettenbrandwunden.“

„Hat man sie …?“, fragte Neumann und hatte schon beim Sprechen Angst vor der Antwort.

„Nein. Es ist keinerlei sexuelle Gewalt feststellbar. Allerdings war sie während der Prozedur auch gefesselt, und zwar ziemlich sicher in sitzender Position an einen Stuhl. Ich tippe auf Kabelbinder, den Schürfwunden an den Hand- und Fußgelenken nach zu urteilen.“

„Sie hat also vermutlich etwas für jemand anderen Gefährliches gewusst“, mutmaßte Neumann.

„Oder auch nicht, konnte das aber nicht glaubhaft machen“, ergänzte Leo Lessing. „Was wissen wir überhaupt über Frau Mendelssohn?“

„Noch nicht viel. Die Kollegin von Reichenbach hat mir vorhin per SMS mitgeteilt, sie habe die Mitbewohnerin der Toten gefunden, aber Näheres weiß ich noch nicht.“

„Dann lass uns die Kollegin aufsuchen – diese unheiligen Hallen machen mich immer ganz nervös“, schlug Lessing vor.

„Gern. Frau von Reichenbachs Espresso aus ihrer privat mitgebrachten Maschine ist der einzig wahre Kaffee auf dem Revier“, antwortete Neumann. Die beiden nickten Dr. Marker zum Abschied zu und schickten sich an, die Pathologie zu verlassen.

„Grambitter hat ein Handy bei der Leiche gefunden, das untersucht die KTU bei Ihnen drüben in Mannheim gerade. Die melden sich bei Ihnen. Die schriftliche Ausarbeitung meines Berichts schicke ich Ihnen nachher wie immer per Kurier rüber, Herr Neumann“, rief ihnen Dr. Marker noch nach.

Dann verließen die beiden ungleichen Ermittler das Gebäude, schwangen sich in Lessings BMW Roadster und fuhren hinüber ins Mannheimer Polizeipräsidium, in der Hoffnung, dort mehr über die Identität der geheimnisvollen Mitbewohnerin Ira Mendelssohns zu erfahren. Lessing, dem der Pathologiebesuch immer noch im Nacken saß, schaltete das Autoradio ein und fühlte sich gleich ein wenig besser: Auf Rockland spielte Jon Lord das Orgelintro zu *Child in Time*.

Als Franz Timmermann aus der schmalen Tür in der Seitenwand des Bühnenturms auf das Dach des Gebäudes hinaustrat, fühlte er wie immer, wenn er hier oben war, einen Anflug von Schwindel. Im Sommer saß Timmermann manchmal bei

Sonnenuntergang mit ein paar Kollegen auf Liegestühlen hier draußen. Wenn sie dienstfrei hatten, tranken sie ein Bierchen und schauten hinüber aufs zerrissene Weichbild der Quadratestadt. Drunten zu seinen Füßen fuhr spielzeugklein eine Straßenbahn der Linie 5 an und ruckelte links um die Kurve, um dem Ring Richtung Hauptbahnhof zu folgen. Timmermann zückte ein nicht mehr ganz taufrisches Nokia-Mobiltelefon, wählte den entsprechenden Namen aus der Liste seiner Kontakte aus und drückte den Knopf mit dem grünen Hörersymbol. Dann lauschte er eine Weile. Als der gewünschte Gesprächsteilnehmer sich nach dem dritten Klingelzeichen meldete, sagte Timmermann:

„Hier ist Timmermann. Ich habe gute Nachrichten …“

Am anderen Ende der Verbindung lauschte der graue Mann eine ganze Weile schweigend. Dunkle Schatten lagen unter seinen Augen; er wirkte übernächtigt und war noch blasser als sonst. Doch nachdem Timmermann losgeworden war, was er zu sagen hatte, hellte sich die Miene des grauen Mannes merklich auf.

„Das ist gut, Timmermann, wirklich sehr gut“, sagte er leise und monoton wie immer. „Dann ist der Weg ja fast frei. Weitermachen.“

Er unterbrach die Verbindung, nahm das iPhone vom Ohr und betrachtete es für einige Sekunden, als hätte er es noch nie gesehen. Dann nahm er mit maliziösem Lächeln eine Sim-Karte von der ledernen Schreibunterlage seines Schreibtisches, drehte sie zweimal zwischen den Fingern und schnippte sie in den Papierkorb.

Wieder ein Problem weniger.

„Aber nur einen Kaffee", schnaufte Leo Lessing auf der breiten Steintreppe, die ins erste Obergeschoss des Polizeipräsidiums hinaufführte, wo Anton Neumann sein Büro hatte. „Ich schreibe für mein Blog gerade an einem Artikel zu den neuesten Trends des Graphic-Novel-Genres, den wollte ich eigentlich vor Ostern noch fertigkriegen."

„Ich trinke auch maximal einen, ich bin trotz Schlafmangels schon aufgedreht genug", antwortete Neumann und stieß, ohne zu klopfen, die Bürotür der Kollegin von Reichenbach für Leo auf. Der trat ein – und prallte zurück.

Neumann lief praktisch auf Lessing auf, sah über dessen Schulter hinweg in den Raum und reagierte mit ebenso entgeistertem Starren.

„Tut mir leid, Herr Kollege, wenn ich gewusst hätte, dass Sie hier einfach so hereinplatzen und auch noch Verstärkung mitbringen, hätte ich eine Warnung geSMSt", sagte Judith von Reichenbach, die an ihrem Schreibtisch saß, eine Spur zu munter.

In einem Besucherstuhl ihr gegenüber saß inmitten des Raums an einem Tisch … die Tote.

„Sind Sie die Herren, die den Tod meiner Schwester untersuchen?", brach die junge Frau mit tonloser, seltsam hohl klingender Stimme das verlegene Schweigen.

Leo Lessing fing sich – natürlich handelte es sich bei der kurzfristig verschollenen Mitbewohnerin der Toten um deren Schwester. Die jüngere Schwester, um genau zu sein, wenn ihn seine Augen nicht trogen. Deshalb hatte auch nur ein Name an der Klingel gestanden.

„Sie haben zusammengewohnt", stellte Neumann unnötigerweise fest. Wie als Nachgedanken schob er hinterher: „Und um Ihre Frage zu beantworten: Ja. Ich bin Kriminalhauptkommissar Anton Neumann, und das … ist Herr Lessing. Er … unterstützt mich bei der Untersuchung."

„Ich bin Charlotte Mendelssohn. Meine Freunde nennen mich Charly", sagte die junge Frau, die auf den zweiten Blick ihrer ermordeten Schwester gar nicht so sehr ähnelte. Ihr Haar war in einem dunkelbraunroten Mahagoniton gefärbt, ihr Gesicht war etwas spitzer, die Augen standen schräger und blitzten grünlich, wo Ira Mendelsohns braun gewesen waren, und sie war insgesamt etwas kurvenreicher und wohl etwa einen halben Kopf größer als ihre verstorbene ältere Schwester, soweit Lessing das angesichts der Tatsache, dass sie saß, beurteilen konnte.

„Ja, wir leben … lebten seit neun Monaten zusammen in Straßenheim. Seit unsere Mutter verstorben ist … davor habe ich bei ihr in Darmstadt gewohnt und sie gepflegt. Demenz."

Es stellte sich heraus, dass Charlotte Mendelssohn seit einem knappen Jahr ebenfalls am Nationaltheater tätig war, und zwar als Cellistin im Orchester. Neumann zeigte ihr ein Bild Hendryk Wittichs.

„Kennen Sie diesen Mann?"

„Klar, das ist Hendryk Wittich, der den Siegmund singt … sang. Wir haben ja ewig zusammen geprobt, für den neuen *Ring*, und ich habe in der Premiere, als das mit ihm passierte, gespielt. Aber was hat das mit meiner Schwester zu tun? Was ist ihr denn überhaupt zugestoßen?"

Leo Lessing setzte sich ihr unaufgefordert gegenüber und musterte die junge Frau eingehend.

„Wo waren Sie gestern Abend, Frau Mendelssohn?", stellte Neumann eine Gegenfrage.

„Ich war seit Dienstagabend bei einer Freundin in Darmstadt. Ich kam heute Morgen zurück und habe das polizeiliche

Dienstsiegel am Haustürschloss vorgefunden. Also habe ich …“, sie deutete mit einer wedelnden Geste auf das Smartphone, das vor ihr auf dem Tisch lag, „die Polizei angerufen, wurde mit Frau von Reichenbach verbunden, und die bat mich gleich, herzukommen.“

„Es tut mir leid, Ihnen mitteilen zu müssen, dass Ihre Schwester ermordet wurde“, sagte der Kriminalhauptkommissar.

Während Neumann, der stehengeblieben war, ihr das mitteilte, ließ Lessing sie nicht aus den Augen. Zwar zuckte sie zusammen, doch schien sie zumindest mit dieser Nachricht gerechnet zu haben. Er wollte schon eine dahingehende Bemerkung machen, da fragte Charlotte mit unsagbar trauriger Stimme:

„Kann ich sie sehen?“

„Sie … ist in der Pathologie, drüben in Heidelberg. Ich begleite sie hin“, sagte Neumann gottergeben.

Er warf Leo Lessing einen Blick zu, aber der entschuldigte sich mit den nun wirklich unaufschiebbar dringlichen Schreibarbeiten an seinem Comic-Essay.

Sein Bedarf an Pathologiebesuchen war für diesen Tag gedeckt.

Im Auto auf dem Rückweg von Heidelberg verlor Charly schließlich doch noch ihre die ganze Zeit über mühsam aufrecht erhaltene Fassung. Sie weinte vom Einsteigen bis nach Straßenheim. Keine stillen Cellistinnentränen, sondern das rohe, schmerzhafte Schluchzen eines zu Tode verwundeten Tieres.

Das Schweigen der Steine

Jüdischer Friedhof
Am Jüdischen Friedhof 1
Mannheim
Freitag, 30. 3. 2012
6.49 Uhr

Kurz nach sechs Uhr morgens rief Charlotte Mendelssohn bei Leo Lessing an. Es hatte sicher schon zehnmal geklingelt – ehe die sehr geduldige Mailbox seines Mobiltelefons sich eingeschaltet hatte, tastete Lessing suchend und blind über den Nachttisch und schaffte es mehr aus Zufall, das Gespräch anzunehmen.

„Wäwwwing?“, nuschelte er schlaftrunken. Das hatte natürlich „Lessing“ heißen sollen, aber mehr war um kurz nach sechs wirklich nicht drin.

„Charly hier. Charlotte Mendelssohn. Sie erinnern sich?“ Ihre Stimme war trotz der enorm unchristlichen Zeit klar und hell wie – ja, wie der junge Morgen eben. Die Abteilung von Lessings Hirn, die für politisch unkorrekte Scherze zuständig war, gehörte zu denen, die mit als Erste erwachten. Jetzt, noch im Liegen, versuchte sie, einen Scherz von wegen unchristlicher Zeit und junger Jüdin zu machen, aber Lessing war geschmackssicher genug, um diesem Drang nicht nachzugeben.

„Klar erinnere ich mich“, artikulierte er nach bestem Vermögen. „Was … was kann ich für Sie tun?“

„Sie schienen mir nett gestern.“ Lessing war versucht, in die lange Sprechpause hinein verzweifelt zu schreien: „Das mag ja sein, aber haben Sie eine Ahnung, wie früh es ist?“ Aber er verbiss es sich und wartete stattdessen einfach ab.

„Viel netter als dieser Neumann. Der schien irgendwie dauernd abgelenkt."

Anton hatte diese Wirkung auf Menschen. Er meinte es nicht so, aber er vermittelte häufig den Eindruck, mit den Gedanken ganz woanders zu sein. Lessing nickte ihr zu, dann begriff er, dass sie das ja nicht sehen konnte, kam sich kreuzdämlich vor und stellte die ruckartigen Kopfbewegungen wieder ein.

„Ich habe Ihren Namen und Ihre Nummer auf Iras Schreibunterlage gefunden. Sie hatte sie neben das Datum vom Mittwoch gekritzelt. Haben Sie eine Ahnung, warum?", fragte Charly sehr leise.

„Sie hat mich am Mittwochnachmittag angerufen", antwortete Lessing. „Sie sagte, sie kenne den Mörder Hendryk Wittichs. Sie wollte mich treffen – und ihn zum selben Treffen bitten. Ihn mir quasi ausliefern." Nun war es an ihm, eine Pause zu machen. „Ich … ich kam wohl zu spät."

Diesmal dauerte das Schweigen der jungen Cellistin so lange, dass Lessing in seinem noch etwas traumverhangenen Kopf schon beinahe fürchtete, sie habe aufgelegt. Er wollte gerade nachfragen, da hörte er sie wieder, diesmal fast unhörbar leise:

„Ich … ich würde gern mit Ihnen reden. Können wir uns treffen?"

Mit einem Mal war Lessing wie elektrisiert. Schwungvoll setzte er sich auf, was sein Körper mit heftigem Schwindel und einem engen Gefühl in der Brust quittierte. Der Gedanke, dass er dringend mal seine Hausärztin aufsuchen musste, die ihn, obschon sie jünger war als er, gern spöttisch ihren „verlorenen Sohn" nannte, und dass es außerdem hohe Zeit für eine Ernährungsumstellung und moderates Fitnesstraining war, wurde ob der anstehenden Begegnung in ein Hinterstübchen seines Geistes verbannt.

„Ja klar“, sagte er eifrig. „Nennen Sie mir Ort und Zeit.“

„Kennen Sie unseren Friedhof?“

„Unseren … oh! Ja. Ja klar weiß ich, wo das ist.“

„Kommen Sie her. Ich warte auf Sie.“

Und so wagte sich Leo Lessing zu einer für ihn an einem freien Tag – es war der erste Tag der Osterferien – komplett untypischen Zeit aus seinem Bau.

Die Morgenröte verwandelte den Himmel über der Quadratestadt in ein zartes Bild von Caspar David Friedrich, als Leo Lessing den Roadster am Unteren Luisenpark entlang steuerte. Hundemüde versuchte der rundliche Germanist, nicht direkt am Lenkrad wieder einzunicken.

Es regnete ausnahmsweise nicht, auch wenn es für Ende März wirklich bitterkalt war. *After all, I've tried for three years ... seems like ninety ...why, then, am I scared to finish what I started?*, erklang die Stimme Ian Gillans aus dem Auto-CD-Spieler. Er sang die Titelrolle in Andrew Lloyd Webbers *Jesus Christ Superstar*, die Lessing wie jedes Jahr traditionell in der vorösterlichen Zeit aus dem Benno-CD-Regal mit den Interpreten und Komponisten von S bis W geholt hatte und die seither ununterbrochen im Wagen lief.

Die Stadt roch nach Dreck. Von der BASF her schmuggelten sich über dem Rhein zu seiner Linken Rußschlieren ins Altrosa des Frühmorgenhimmels, als Lessing über die Ebertbrücke fuhr, und verschandelten das Freitagmorgen-Himmelsidyll. Aber auch ein breiter Streifen Azur war mittlerweile zu sehen.

„Frühling lässt sein blaues Band …“, zitierte Lessing halblaut und ordnete sich halbrechts Richtung Klinikum und Feudenheim ein. Ein paar Minuten später parkte er vor dem Gebäude der Friedhofsverwaltung und stieg aus. Hinter ihm ratterte eine bis auf den Fahrer leere Straßenbahn Richtung Feudenheim.

Der knapp drei Hektar große jüdische Friedhof lag östlich des Hauptfriedhofs im Stadtteil Wohlgelegen nordöstlich der Mannheimer Innenstadt auf der rechten Neckarseite. Links des Eingangs ragte die Einsegnungshalle auf. Lessing schloss fröstelnd den Reißversschluss seines leicht militärisch anmutenden grauen Lodenmantels aus der Fertigung des Ex-Designers Florian Obst, schlang einen großen, schwarzen Seidenpashmina um seinen Hals und drückte einen weichen, schwarzen Filz-Fedora auf sein wirres, vom Duschen noch nasses, langes Haar. In letzter Minute war ihm eingefallen, dass es Männern untersagt war, jüdische Friedhöfe barhäuptig zu betreten, und er war zurückgeeilt, um den Hut zu holen, der sonst am Goldrahmen eines an der Wand lehnenden Barockspiegels in Lessings Schlafzimmer sein Dasein fristete.

Durch das Haupttor in Form einer stilisierten Menora kam er auf den Hauptweg. Schöne alte Linden und Rosskastanien säumten ihn. Hier vorne, nahe dem Eingang, fanden sich einheitliche Grabsteine aus rotem Sandstein. Erst ab etwa 1870 hatte sich die Gestaltung der Grabmäler verändert, wie Lessing wusste. Je weiter er – mutterseelenallein um diese Tageszeit – in den Friedhof vordrang, stets dem Hauptweg folgend, desto vielfältiger wurden die verwendeten Materialien und desto variantenreicher die Stile. Neue Gräber lagen in der nach Osten weisenden Erweiterung, die aus den neunziger Jahren des 20. Jahrhunderts stammte. Instinktiv strebte Lessing in diese Richtung, und während er so zwischen den Gräberfeldern dahinging, wurde seine ganze Welt Stille und Trauer. Etwas, das er nicht zu benennen wusste, wollte ihm den Hals zuschnüren.

Dann sah er sie dort stehen, eine zerbrechliche, kleine Silhouette im unwirklichen Morgenlicht, schutzlos in diesen Tag hineingeworfen. Sie trug einen überdimensioniert wirkenden Wollmantel.

„Guten Morgen", sagte Leo Lessing unsicher.

Sie ignorierte seinen Gruß und hieß ihn stattdessen mit einer Frage willkommen.

„Glauben Sie an einen Gott, der die Schöpfung gemacht hat, Herr Lessing?"

Lessing, der zu Zeiten, als er noch engagiert der evangelischen Kirche angehört und in einem Motettenchor gesungen hatte, den Spitznamen „das Fass Gottes" getragen hatte, zögerte lange. Dann formulierte er eine Antwort, die er schon lange in sich gespürt hatte, die er sich aber bisher nie auszusprechen getraut hatte.

„Es existiert kein Gott. Ich glaube, es gibt nur uns Menschen, unser Unvermögen im Umgang miteinander und unser zunehmendes Nichtbegreifen der Welt um uns herum."

Charlotte Mendelssohn nickte, als habe er nur etwas sehr Wahres, das ihr längst bewusst gewesen war, gelassen ausgesprochen. Wieder entstand eine dieser langen Sprechpausen, die Lessing kaum aushielt, in denen die junge Frau sich hingegen ganz und gar zu Hause zu fühlen schien.

„Sie wollen Iras Mörder finden?", fragte sie schließlich.

Lessing schluckte. Charlotte Mendelssohns Miene konnte nur eines bedeuten: Nun würde die Enthüllung einer schrecklichen Wahrheit folgen. Der Deutschlehrer spürte, wie in ihm die Ungeduld wuchs, und gleichzeitig nahm sein wacher Geist wahr, wie unwirklich die gesamte Szenerie war. In den noch unbelaubten Bäumen rauschte der Wind, überall die Grabsteine, viele davon mit Kieseln belegt, die Gäste zum Zeichen ihres Gedenken an die Toten hinterlassen hatten. Wolkenfetzen schoben sich vor das erwachende Sonnenlicht. Leo Lessing hielt unbewusst den Atem an, als die winzige Cellistin den Mund öffnete. Jetzt würde sich das ganze Ausmaß der bösen Umtriebe offenbaren, deren langer Arm zwei so unterschiedliche Menschen wie einen Wagnertenor und eine junge Jüdin das Leben gekostet hatte.

„Nun“, sagte Charlotte Mendelssohn und begann, langsam wieder in Richtung des vorderen Bereichs des Friedhofs zurückzugehen, „dann muss ich Ihnen eine Geschichte erzählen, eine Geschichte, die im Dritten Reich beginnt. Damals lebten meine Urgroßmutter und ihr Bruder hier in dieser Stadt.“ Ihre Stimme hatte einen fernen, fast schon emotionslosen Klang angenommen, der eine Distanz zwischen ihr und Lessing schuf, der unbeholfen neben ihr herging und mehr oder minder erfolgreich versuchte, sein Tempo ihren kleinen Schritten anzupassen. Vor einer hohen steinernen Urne auf einem dunklen Steinwürfelsockel blieb sie stehen. Der Sockel trug die Inschrift „Denen, die kein Grab fanden“.

„Der Name meiner Urgroßmutter war Esther Oberländer“, fuhr Charly fort. „Sie und ihr Bruder Ludwig, der Maurergeselle war, lebten in ständiger Angst vor den Nazis und vor allem vor der Deportation ins Internierungslager Gurs, aber sie liebten diese Stadt und wollten nicht fort von hier.“

Sie war jetzt offenbar ganz aus der Zeit verloren, wandelte in Gedanken durch das braune Mannheim der Nazizeit.

„Verstehen Sie mich nicht falsch“, nahm sie den Faden wieder auf. „Ich will Sie nicht mit alten Familiengeschichten langweilen." Ruhig und ernst blickte sie zu Leo Lessing auf. „Aber wer sich nicht an die Vergangenheit erinnern kann, ist dazu verdammt, sie zu wiederholen – heißt es nicht so?"

„Jorge Augustín Nicolás Ruiz de Santayana", sagte Lessing automatisch. „Spanischer Philosoph, Schriftsteller und Literaturkritiker. „Aus ‚Reason in Common Sense', dem 1905 erschienen ersten Band seines Werkes ‚The Life of Reason'."

„So ist es … ich sehe, Sie kennen sich nicht nur mit deutschen Autoren aus", antwortete Charlotte mit einem halben Lächeln. Lessing konnte sich ein Grinsen nicht verkneifen.

Charlotte musterte den beleibten Deutschlehrer eine Weile schweigend. Dann sagte die Cellistin: „Meiner Familie geschah damals großes Unrecht – wie so vielen Juden in Deutschland. Ich erspare Ihnen die Details, denn für die Suche nach Iras Mörder ist es nur wichtig zu wissen, dass Esther Oberländer der Deportation und damit letztlich aller Wahrscheinlichkeit nach dem Tod im Vernichtungslager Auschwitz entkommen konnte. Sie und ihr kleiner Sohn, den sie unehelich geboren hatte, weil der Vater schon 1933, als sie schwanger war, von einer marodierenden braunen Horde totgetrampelt wurde, gelangten auf verschlungenen Wegen nach Dänemark, wo sie 1943 starb. Ihr Sohn, damals zehn Jahre alt, wurde mit dem Großteil der dänischen Juden nach Schweden geschmuggelt und überlebte so den Zweiten Weltkrieg. Dieser Sohn nahm den Namen seines von den Nazis ermordeten Vaters an." Sie wandte sich von dem urnenförmigen Mahnmal ab und sah Lessing mit ihren grünen Katzenaugen an. „Aus Daniel Oberländer wurde in Schweden Daniel Mendelssohn. Unser Großvater."

„Was ist aus ihm geworden?", fragte Leo Lessing und versuchte, sich den Mann vorzustellen, der nun achtzig sein musste … oder längst tot war. Er hätte mit allerlei Antworten gerechnet, aber nicht mit der, die ihm Charlotte gab.

„Er hatte nie ein eigenes Leben. Sein Dasein war der Rache geweiht, der Rache für das, was damals seinem Vater, seiner Mutter und seinem Onkel widerfuhr.“ Sie hielt inne, schien sich zu sammeln – eine Charly-Pause, wie Lessing das bei sich inzwischen nannte. „Heute ist er nur noch ein krankes Bündel Mensch. Vom Krebs ebenso zerfressen wie von seinem Hass. Dem Tod näher als dem Leben, auf der Sterbestation hier im Klinikum.“

„Palliativstation“, korrigierte Lessing mechanisch.

„Klugscheißer“, sagte die Cellistin mit einem leichten Grinsen. Charly-Pause. Dann: „Seit ich denken kann, drehte sich in seinem Hirn alles um Vergeltung … aber wirklich eingeweiht hat er nur Ira. Sie versteht mich, hat er immer gesagt. Sie ist wie ich. Widme du dich deiner Kunst.“ Das Letzte hatte verletzt und verächtlich zugleich geklungen. Als sie wieder sprach, hatte ihre Stimme einen drängenden Unterton.

„Ira hat seinen Kampf weitergeführt – und es ist noch gar nicht so lange her, da hat sie mir gesagt, sie sei an etwas Großem dran. Sie habe im Krankenhaus noch einmal mit ihm gesprochen, und dann sei ihr der Durchbruch gelungen. Das ist nicht vorbei, Herr Lessing. Der Schoß ist fruchtbar noch … Es stimmt, was man sagt: Die alten Nazis sind alle tot. Das hat die Zeit für uns erledigt. Aber ich glaube, meine Schwester ist ein paar neuen gefährlich nahe gekommen. Welchen, die irgendwie mit den Geschehnissen von damals in Verbindung stehen.

Und das hat sie mit dem Leben bezahlt.“

In der Nacht: Schwarz

Stadtarchiv Mannheim
Collinistraße 1
Freitag, 30. 3. 2012
23.11 Uhr

Stadtarchivar Dr. Klaus Dieter Krohns, ein schlaksiger, früh ergrauter Mann mit ewigem Dreitagebart, stellte den voluminösen Band behutsam wieder in das funktionelle, übermannshohe Metallregal, in dem er Originalquellen aufzubewahren pflegte, mit denen er gerade arbeitete. Dann erhob er sich von seinem Schreibtisch und ging mit einem unterdrückten Gähnen hinüber ins Vorzimmer, wo der Papierschredder stand, unter dem Arm einen ganzen Stapel Kopien, die er im Laufe seiner Recherche gemacht hatte und die er lieber persönlich vernichten wollte als sie seiner Sekretärin zu überlassen. Der Inhalt dieser Dokumente war einfach zu sensibel, als dass er hätte riskieren wollen, sie zu einem so frühen Zeitpunkt dieser Plaudertasche vor die Nase zu legen. Das Original hatte er daheim, eine Kopie war ihrer Bestimmung zugeführt, und diese Arbeitskopien mussten jetzt weg.

Um diese Pflicht in Ruhe erledigen zu können, hatte sich Dr. Krohns mit Hilfe seines Schlüssels an diesem Freitagabend nach einem Kinobesuch zusammen mit einem Studienkollegen noch einmal in sein Büro begeben. Dr. Krohns fiel ein, dass er schon eine ganze Weile nichts mehr von der jungen Frau gehört hatte, dieser Nationaltheatermitarbeiterin, die ihn erst auf diese brandheiße Sache gestoßen hatte. Seltsam, sonst war sie doch immer so drängelig gewesen ... na ja, jetzt, wo sie seine Antworten am nächsten oder spätestens übernächsten Tag aus der Post ziehen würde, würde sie ihn sicher wieder kontaktieren. Seine Funde waren zu spannend, als dass sie weiter hätte schweigen können.

Warten, warten, immer dieses Warten … das Bomberjackenmonster hasste es, warten zu müssen. Es spielte genervt am Sendersuchknopf seines Autoradios, aber auf allen Kanälen lief nur diese widerwärtige, unreine Negermusik. Affengesänge. Also schob es die selbstgebrannte *Störkraft*-CD in den nachträglich eingebauten Player. Besser. Viel besser.

Sein Auftrag in dieser Nacht lautete, einen Archivar aufzuhalten. Der Mann brauchte einen Maulkorb, bevor er mit dem, was er da in den städtischen Archiven herausgefunden hatte, etwas Falsches tat … also etwa an die Presse ging. Einen permanenten Maulkorb, hatte der Graf gesagt. Nicht nur einen Denkzettel.

Klare Ansage.

Außer diesem Aktenstaubfresser hatte nur noch die kleine Judenhure Bescheid gewusst, aber die würde nicht mehr plaudern, und am Ende hatte der Graf es ja auch geschafft, sie zu … überreden, ihm ihre Mitwisser zu nennen. Das Bomberjackenmonster musste bei dem Gedanken an die kleine Spezialbehandlung, die sie dem Dreckstück verpasst hatten, grinsen.

Noch dieser eine Auftrag, hatte der Graf gesagt, und dann gab es überhaupt niemanden mehr, der ihnen in die Quere kommen konnte.

Das Handy des Bomberjackenmonsters läutete. Es drückte den Knopf zur Gesprächsannahme.

„Ja?“

„Alles klar. Du kannst loslegen“, sagte die Stimme des Grafen.

Das Bomberjackenmonster legte auf, stieg aus, entnahm dem Kofferraum seines schwarzen Golfs den treuen Baseballschläger und streifte den Metallschlagring über die Knöchel seiner rechten Faust. Er wurde zum Paladin. Er würde gehen und tun, was er am besten konnte. Schade eigentlich, dass diesmal niemand zusehen konnte.

Er war ein wirklich fähiger Vollstrecker.

Das Bomberjackenmonster überquerte die Straße. Auf der anderen Straßenseite, die sein Ziel war, führte eine alte Oma mit einer Gesichtshaut wie eine verschrumpelte Aprikose zwei Hundchen gleichzeitig Gassi. Als sich sein Schatten vor das Licht einer Straßenlaterne schob, wich sie ängstlich zurück. Er grinste in sich hinein. Nein, sie musste keine Angst vor ihm haben. In dieser Nacht hatte er größere Ziele. Er drückte den Klingelknopf.

„Ja?“, erklang eine verzerrte Stimme aus der Sprechanlage.

Das musste er sein. Dr. Klaus Dieter Krohns, 37, ledig, keine Kinder. Promovierter Historiker. Hatte seine Doktorarbeit über die Entnazifizierung in Baden geschrieben. Krohns … was war das überhaupt für ein Name? Klang durchrasst, fand das Bomberjackenmonster.

„Mein Name ist Meyer“, sagte das Bomberjackenmonster wahrheitsgemäß. „Dr. von Bahrenfeld hatte Sie angerufen …?“

Das Summen des Türdrückers ertönte. Wenig später stand der Mann mit der Glatze und dem Schlagring vor der Tür des Büros seines zukünftigen Opfers und versuchte, im Licht, das durch die leicht verschmutzten Milchglasscheiben fiel, etwas zu erkennen. In der linken Hand hatte Meyer den Schläger aus Ahornholz, die Finger der rechten Hand mit dem altmodischen Schlagring spreizte er reflexartig. „Dr. Krohns?“, rief er durch die Tür. „Ich müsste die Unterlagen jetzt abgeben, ich parke in zweiter Reihe und kann so nicht lange stehen bleiben ..."

Ihm war selbst klar, wie sinnlos dieser Satz mitten in der Nacht war, aber er baute Dringlichkeit auf und verfehlte seine Wirkung nicht. Hinter der Tür waren Schritte zu hören.

Was dachte dieser von Bahrenfeld sich eigentlich? Verdienstvoller Mannheimer Bürger hin oder her, es war fast Mitternacht, es war quasi Wochenende, und nur weil er meinte, er müsse ihm unbedingt etwas zeigen …

Verärgert über die späte Störung, die Lippen zu einem dünnen Strich zusammengepresst, legte Dr. Klaus Dieter Krohns seine Aktenpacken auf den nächstbesten Schreibtisch und ging zur Tür. Sie war unverschlossen, was den nächtlichen Besuch allerdings nicht zu interessieren schien: Er hatte sich nicht die Mühe gemacht nachzusehen.

Dr. Krohns riss die Tür auf, warf aus schmalen Augen einen Blick auf die glatzköpfige Silhouette auf der Schwelle und herrschte den Mann an: „Hatte das wirklich nicht bis Montag Zeit?"

Der Mann riss das Knie hoch und traf den Archivar zwischen die Beine.

Was ganz offensichtlich nicht die Reaktion war, mit der dieser gerechnet hatte.

Schockiert, wimmernd, die Hände vors Gemächt gepresst taumelte er zurück. Das Bomberjackenmonster setzte nach, folgte ihm mit langen, entschlossenen Schritten ins Büro.

Der erste Schlag brach Dr. Krohns die Nase und zertrümmerte vier seiner vorderen Schneidezähne. Blut spritzte in hohem Bogen durch den Raum.

Das kann nicht wahr sein, sagte eine Stimme in seinem Hinterkopf ebenso erschüttert wie empört. *Das muss ein Albtraum sein.*

Aber dann sah er das glatzköpfige Scheusal in der grünen Mil-Tec-Bomberjacke breit, fast schon debil, grinsen. Rückwärts stolpernd ging er zu Boden.

Das Bomberjackenmonster holte den Baseballschläger hinter dem Rücken hervor und zertrümmerte dem promovierten Historiker mit einem wuchtigen Hieb den Schädel.

Zwei, drei Schläge und wuchtige Tritte später war es fertig. Es zog ein altmodisches Stofftaschentuch aus der Jackentasche, wischte den Baseballschläger mit angewidertem Gesichtsausdruck gründlich ab und warf ihn dann neben das Opfer zu Boden, wo er mit einem hölzernen Klocken aufprallte, ausrollte und schließlich neben einem leberwurstgrauen Rollcontainer liegenblieb.

Der Mann in der grünen Jacke schob die beiden Aktenpacken, die nach dem aussahen, was der Graf ihm beschrieben hatte, in den Schredder. Es surrte, dann wurden aus belastenden Indizien Papierschnipsel.

Wie sinnlos, dachte der sterbende Krohns. *Wie sinnlos ... längst zu spät ...*

Nach getaner Arbeit machte Nils Meyer auf dem Absatz kehrt, kickte dem leblosen Doktor noch einmal in die Rippen, nur so zum Spaß, und ging.

Er brauchte noch ein paar Stunden Schlaf. Er war zum Samstags-Brunch mit seiner Mutter verabredet. Vielleicht würde sie ja leckere saure Scheiben machen.

Ein Anruf weckte Leo Lessing auch am Samstag, diesmal aber zu einer wesentlich sozialverträglicheren Zeit, nämlich gegen elf Uhr vormittags. Um genau zu sein, war das allerdings der zweite Weckruf an diesem Tag, er hatte nämlich vergessen, seinen Wecker auszustellen, der wie üblich um sechs Uhr fünfundvierzig Alarm geschlagen hatte. Verärgert über seine Zerstreutheit hatte Lessing ihn ausgeschaltet, ein paar Seiten in seinem geliebten „Liga der Außergewöhnlichen Gentlemen"-Comic gelesen, das er am Vorabend anlässlich der Arbeiten an seinem Blog-Artikel wieder einmal herausgekramt hatte und war schließlich trotz aller Erzählkunst Alan Moores noch einmal eingeschlummert.

Der Anrufer war Anton Neumann. Lessing war sofort hellwach.

„Hallo Leo", begann er ohne große Vorrede. Dorothea hatte ihn wie an freien Tagen üblich gezwungen, um kurz nach sieben mit ihr aufzustehen und nach einem „leckeren Müsli" mit ihr in den Käfertaler Wald hinauszufahren. Sie wohnte zwar in Ilvesheim, war aber in dem ehemals bäuerlichen Vorort im Mannheimer Norden aufgewachsen und nutzte jede nur erdenkliche Gelegenheit, um dort ums Wildgehege zu joggen. Neumann war nach der Leibesertüchtigung gerade der Dusche in der Wohnung seiner energischen Lebensabschnittspartnerin entstiegen, nackt bis auf ein dunkelgrünes Frotteehandtuch um die Hüften, als sein Handy geklingelt hatte.

„… jedenfalls, die Anruferin war Annabelle Reitz aus der KTU", berichtete er nun seinem korpulenten Freund, der sich derweil walrossschnaufend aus seinem Kingsize-Bett erhob und in seine Birkenstock-Clogs schlüpfte.

„Und da du ja gesagt hast, ich solle dich bei wichtigen Entwicklungen im Fall Mendelssohn/Wittich auf dem Laufenden halten, habe ich direkt angerufen. Ich hoffe, ich störe nicht?"

„Nein keineswegs, ich wollte gerade …“ Lessing schielte auf seinen Funkwecker. „… anfangen, das Mittagessen vorzubereiten. Was wollte Frau Reitz denn?“

„Ich hatte ihr aufgetragen, sich sofort zu melden, wenn sie vom Handy der Toten etwas weiß. Offen gestanden hatte ich gehofft, wir würden über die Rufliste des Mobiltelefons eine tragfähige Verbindung zwischen ihr und unserem Heldentenor herstellen können.“

„Und?“, fragte Lessing neugierig nach.

„Nichts. Nada. Rien. Zip. Zero“, sagte Neumann enttäuscht.

„Was soll das heißen?“, erkundigte sich Lessing.

„Na ja, solche Daten werden auf der SIM-Karte des Handys gespeichert“, hob Kriminalhauptkommissar Anton Neumann zu einem seiner gefürchteten Vorträge an.

„Das weiß ich, Anton“, unterbrach Leo genervt. „Komm zum Punkt. Hat die SIM-Karte gefehlt oder was?“

„Im Gegenteil.“ Man hörte Neumanns Stimme an, wie sehr er sich freute, seinen Freund, der ihm üblicherweise ein, zwei gedankliche Rösselsprünge voraus war, zur Abwechslung einmal überraschen zu können. „Aber sie war jungfräulich. Blank. Kein einziger Eintrag – keine gespeicherte Telefonnummer, kein Anrufliste, kein Termin, nichts.“

„Sehr ungewöhnlich“, murmelte Lessing. „Was für ein Handy war das? Auch nagelneu?“

„Ganz im Gegenteil, irgend so eine uralte Nokia-Gurke, ein Gerät aus der Proto-Smartphone-Ära. Es heißt … warte …“ Lessing hörte ihn in seinem Notizbuch blättern. „Xpress Music“, meldete sich Neumann dann zurück. „Du weißt schon, so ein Ding ohne Tastatur, hat zwar schon Internetzugang, aber die Eingaben erfolgen mit so einem kleinen Stift. Der hat übrigens gefehlt – er steckt normalerweise in einem Einschub rechts unten an der Rückseite des Gehäuses.“

„Hmmm … seltsam“, sinnierte Lessing. „Warum sollte man in so ein Uralt-Ding eine brandneue SIM-Karte stecken?“

„Keine Ahnung“, bekannte Neumann.

„Ich schon – oder zumindest eine Vermutung“, sagte Lessing nach kurzem Überlegen.

„Nämlich?“

„Um die Polizei zu narren. Wer auch immer Ira Mendelssohn getötet hat, wollte nicht, dass ihr einen zu genauen Blick auf die von ihr geführten Telefonate werft. Handys kann man orten, deshalb hat er es nicht einfach irgendwo entsorgt. Stattdessen hat er die verräterische SIM-Karte entnommen, und weil ein Handy ohne SIM-Karte total auffällig ist, hat er eine neue hineingesteckt. Finde die SIM-Karte, und du hast den Mörder.“

„Na super“, brummte Neumann verdrießlich.

„Oder aber du machst es dir leichter“, grinste Lessing, „und lässt dir einfach von ihrem Provider die entsprechenden Verbindungsdaten geben.“

„Aha“, versetzte Neumann schnippisch, „plötzlich ist die Vorratsdatenspeicherung, gegen die du auf deinem Blog immer so vehement wetterst, doch für etwas gut, ja?“

„Ich weise diese Bemerkung als nicht zur Sache gehörig zurück“, sagte Leo Lessing. „Häng dich ans Telefon.“

Einige Telefonate später wusste Kriminalhauptkommissar Anton Neumann von der sehr kooperativen Charlotte Mendelssohn, dass es bei den Papieren ihrer Schwester, die sie gerade ohnehin durchforstete, O_2-Rechnungen für einen gängigen Handytarif gab, aber auch, dass der Mobilfunkanbieter über die Feiertage nur einen Notdienst beschäftigte und keine Chance bestand, vor Montagmorgen an die gewünschten Daten heranzukommen.

Neumann hatte am Telefon diskutiert, geschrien, sich echauffiert, es mit Vernunft versucht und schließlich regelrecht gebettelt – es hatte nichts gefruchtet. Die gerade eben erst richtig angelaufene Ermittlungsmaschinerie kam mit spektakulärem Knirschen zum Stehen.

Auch das teilte er Leo Lessing per Handy mit.

„Was für eine Riesenscheiße", kommentierte der. „Ich komme am Montagmorgen ins Büro."

Dann zog er sich für den Rest der tristen, verregneten Osterfeiertage mit einem dicken Roman von Joe Abercrombie auf seine geliebte blaue Couch zurück und stellte einen Ardbeg Uigeadail, seinen Lieblings-Single-Malt, in Reichweite.

Das Phantom des Theaters

Leibnizstraße 9
Mannheim
Palmsonntag, 1. 4. 2012
12.01 Uhr

Am Sonntagnachmittag hielt es Leo Lessing nicht mehr aus. Er ertappte sich dabei, wie er wie Rilkes Panther in seinem Käfig im Arbeitszimmer auf- und abging. Irgendetwas übersahen sie.

Um sich abzulenken, ging er online und rief den Plan der aktuellen Spielzeit des Nationaltheaters auf. Wenn der Täter sprichwörtlich immer an den Ort des Verbrechens zurückkehrte, warum dann nicht auch der Ermittler? Er scrollte durch das PDF. Aber es sah aus, als sei der Spielplan 2012 extra zusammengestellt worden, um ihn, Leo Lessing, vom Theater fernzuhalten.

Vielleicht sollte er in den Osterferien 2013 auch mal wegfahren … schließlich war der Frühling in seinen Augen die schönste Reisezeit. Inzwischen schien es ja, wenn er seinen Schülern Glauben schenkte, fast schon die Norm zu sein, eher in den Pfingstferien wegzufahren …

Also kein Nationaltheater für ihn. War eigentlich Neumann dieses Wochenende in Mannheim? Kurz entschlossen griff Lessing zum Telefon. Der Freund nahm rasch ab.

„Neumann?“

„Leo hier. Bist du in Mannheim, oder bist du mit Doro unterwegs?“

„Dorothea“, korrigierte Neumann fast automatisch. „Du weißt, sie kann es auf den Tod nicht ausstehen, wenn man ihren Namen abkürzt.“ Er konnte sich das süffisante Grinsen seines dicken Freundes regelrecht vorstellen. „Und nein, bin ich nicht. Ich habe sie gerade daheim abgesetzt – wir wollten spazieren gehen, hatten aber ziemlich schnell die Nase voll vom verregneten Schlosspark und Weinheim im Nieselregen."

„Ausgezeichnet", antwortete Lessing und ließ dabei offen, ob er sich freute, dass sein alter Freund schon wieder in der Stadt oder dass er nicht zusammen mit der Physikerin, mit der Lessing eine tiefe gegenseitige Antipathie verband, zusammen unterwegs war. „Sag mal, hast du heute schon was Ordentliches gegessen?"

„Na ja …"

„Ach komm, ich kann doch deinen Magen durchs Telefon knurren hören."

Neumann fühlte sich einigermaßen ertappt. „Na ja, ich ..."

Lessing wusste, er hatte das Spiel gewonnen. „Komm schon, keine Ausflüchte, ich lege meinen Abercrombie weg, du machst den Fernseher aus …", wieder fühlte sich der Kriminalhauptkommissar ertappt und freute sich, dass es noch keine Bildtelefonie gab, „und wir treffen uns zum Abendessen im *Amador.*" Er überlegte einen Augenblick. „Oder doch besser in der *Axt*?" Er durchdachte diese beiden Möglichkeiten kurz. „Ja, wir gehen in die *Axt*, die haben das bessere Weinangebot! Komm, ich reserviere uns einen Tisch und hol dich kurz vor halb acht ab!"

Neumann war es ziemlich egal, wo sie hingingen, Hauptsache, er konnte wieder mal ordentlich mit Lessing schlemmen, denn er hatte gehörigen Hunger, nachdem Dorothea ihn zum Mittagessen in ein „total angesagtes" veganes Restaurant in Schriesheim geschleift hatte. So kam er Lessings Aufforderung nur allzu gern nach.

Lessing holte den Freund pünktlich um neunzehn Uhr zwanzig in Wallstadt ab, der Roadster trug sie in Rekordzeit nach Neckarau, und knappe drei Stunden später waren die beiden ungleichen Ermittler aufs Köstlichste gesättigt. Lessing lehnte sich in seinem Stuhl zurück und blinzelte ins Licht der eleganten weißen Kerze im Silberleuchter, die ihren Tisch erhellte.

„War das nicht herrlich", äußerte er mit Blick auf die beiden leeren Teller, auf denen sich kurz zuvor noch der ihre Espressi begleitende letzte süße Gruß aus der Küche befunden hatte. „Einundzwanzig Tage lang trocken gereiftes Rinderfilet. Es gibt nichts Besseres."

Neumann nickte, während er versuchte, mit der Zunge dezent eine Fleischfaser zu lösen, die sich zwischen seinen Backenzähnen festgesetzt hatte.

„Und dazu diese Süßkartoffelcreme", sagte Lessing und senkte die Stimme, als müsse das Wissen um die köstliche Beilage unbedingt zwischen ihm und dem Freund bleiben. „Und vier Variationen von Zwiebeln ..." Er lächelte beseelt und beugte sich vor. „Im Übrigen habe ich seit diesem Monat die BEEF abonniert. Da war im aktuellen Heft ein sensationelles Vier-Gänge-Menü. Wie wär's, wenn ich dich demnächst mal einlade und mein Glück damit versuche? Wir müssen ja nicht jedesmal einen Gutteil unseres monatlichen Salärs in eine Wirtschaft tragen!" Zustimmung heischend hob Lessing sein Glas und hielt es dem Hauptkommissar zum Anstoßen hin.

Neumann nickte wieder, während er noch immer mit den Spuren des Festessens in seiner Brücke oben rechts beschäftigt war. Aber schließlich kam er zur Sache: „Wie war eigentlich dein Gespräch mit der Schwester unserer Toten? Wir sind noch gar nicht dazu gekommen …"

„Oh, sie hat mir eine interessante Geschichte erzählt. Ich habe sie auf dem jüdischen Friedhof getroffen. Sie sagt, ihre verstorbene Schwester sei zusammen mit ihrem Großvater – der liegt auf der Palliativstation im Klinikum – an irgendeiner Enthüllungs- oder Rachesache dran gewesen, die mit dem Dritten Reich zu tun hat. Genaueres wusste sie aber nicht … ihre verstorbene Schwester war wohl ein wenig überprotektiv."

Ehe Neumann etwas erwidern konnte, klingelte sein Handy, das er aus alter und Lessing verhasster Gewohnheit neben sich auf dem Tisch liegen hatte. Unter einem Blick des Freundes, der eine tausendjährige Eiche auf der Stelle hätte verwelken lassen, nahm er ab. „Neumann. Ja? Oh ..." Er hörte eine ganze Weile zu, wobei sein Gesicht einen immer besorgteren Ausdruck annahm. „Ja, in Ordnung, ich komme, so schnell ich kann."

„Ärger mit Doro?", fragte Lessing mitfühlend.

„Nein, nein, die ist bestimmt schon im Bett, sie meinte vorhin, sie wolle heute früh schlafen gehen. Das war Steffi Hunger, du erinnerst dich? Die Chefin der Requisitenabteilung. Sie hat aus dem Nationaltheater angerufen und meinte, sie hätte da etwas äußerst Seltsames entdeckt, das sie mir unbedingt persönlich zeigen müsse. Mehr wollte sie am Telefon nicht sagen." Er legte sein Handy auf den Tisch und trank einen Schluck von seinem Dessertwein.

Ist ja spannend, dachte Lessing. Steffi Hunger, die Dame, die sich bei ihrer ersten Begegnung im Theater eher spitzzüngig-desinteressiert gegeben hatte, schien wohl doch genug Eigeninteresse zu haben, um im Theater herumzuschnüffeln und den guten Neumann am heiligen Sonntag zu stören. Nachdenklich trank Lessing seinen Spätburgunder Eiswein von 2009 aus und bedeutete dem Kellner, einen weiteren Espresso zu bringen, den er mit einem edlen Grappa abzurunden gedachte.

Nachdem diese letzte Getränkerunde bewältigt und die nicht ganz unerhebliche Rechnung beglichen war, machten sich die beiden Herren mit dem Roadster auf in die Innenstadt. Lessing war alles andere als fahrtüchtig, weigerte sich aber rundweg, Neumann, der etwa halb so viel getrunken hatte wie er, die Schlüssel des Roadsters auszuhändigen. Er war der Ansicht, solange er die Polizei in Gestalt des Kriminalhauptkommissars auf dem Beifahrersitz hatte, könne ihm keine Routineverkehrskontrolle etwas anhaben.

Als sie sich eine gute Viertelstunde später dem Glasvorbau des Nationaltheaterfoyers näherten, war der Musentempel dunkel. Bei ihrem Näherkommen öffnete sich eine Seitentür, und Frau Hunger winkte sie mit vor Aufregung geröteten Wangen herein. Sie trug an diesem Abend dunkelblaue Jeans und ein unauffälliges graues Sweatshirt. Sie nickte Neumann freundlich zu.

„Der Herr Germanist“, sagte Steffi Hunger dann in schalkhaftem Ton, als hätte sie ihn gerade erst bemerkt. „Wie schön, Sie wieder hier zu sehen. Ich hoffe, ich habe Sie und den Herrn Hauptkommissar nicht bei etwas allzu Wichtigem gestört?“

„Frau Hunger! Ich hoffe, das, was Sie uns zu zeigen beabsichtigen, ist so wichtig, dass es Ihr Unterfangen rechtfertigt, unser Gelage vorzeitig zu beenden“, rief Lessing in einer Betonung, als spiele er Theater, und zwar ein äußerst komisches Stück. Dabei blickte er sich um – der Glasvorbau war komplett dunkel, und auch aus der einen angelehnten Tür zum Foyer fiel kein Licht.

„Das werden Sie gleich sehen“, gab die Herrin der Requisiten zurück und lächelte konspirativ, dann drehte sie sich Richtung Foyer um.

Wieder führte sie Lessing und Neumann auf verschlungenen Wegen in die Eingeweide des Musentempels hinunter. Unterwegs begegneten sie einem Mann mit Taschenlampe, der offenbar eine Art Wachdienst versah, aber als er Frau Hunger erblickte, nickte er ihr kurz zu und setzte dann seinen Rundgang fort. Neumann und Lessing versuchten, sich die Wege zu merken, die sie gingen, doch nach einigen Abbiegungen, der Durchquerung mehrerer Türen, die Steffi Hungers gut bestückter Schlüsselbund öffnete, und zahlreichen Treppen abwärts waren beide eigentlich nur noch sicher, dass ihr Weg sie im Groben immer nach unten geführt hatte.

„Da sind wir“, sagte Frau Hunger schließlich und schloss eine weitere schwere Metalltür auf. Diese war doppelflüglig und weiß gestrichen. Dann ließ sie Neumann und Lessing eintreten.

Hinter der Tür lag ein weißgetünchter Raum, in dem man problemlos ein Tischtennisturnier hätte veranstalten können, und zwar samt Umkleidekabinen. Allerdings war er mit etwas wesentlich Spannenderem vollgestopft, nämlich mit Requisiten aus jahrzehntelanger Theaterarbeit, wie Neumann und Lessing sahen, nachdem Frau Hunger das unbarmherzige Neon-Arbeitslicht angeknipst hatte. Lebensgroße Drachenköpfe sahen aus, als wollten sie gleich Feuer speien, Antiquitäten aller Art stapelten sich, nur durch schmale Gänge voneinander getrennt, scheinbar labyrinthisch übermannshoch im Raum, und überall hingen Stoffbahnen, als hätte jemand versucht, private Gelasse in all dem Durcheinander zu schaffen. Lessing sah ein ganzes Regal voller unterschiedlichster Perücken auf Styropor-Köpfen, aus einem messingbeschlagenen Überseekoffer quollen Hüte, auf einem Kleiderständer reihte sich Anzug an Anzug, auf einem Nachtschränkchen im Biedermeierstil lag ein nackter Torso aus Gips, und unter der Decke spannte sich ein olivfarbenes Tarnnetz, an dessen Maschen Masken aller Art angebracht waren, die in der Luft baumelten und auf die drei späten Gäste herabstarrten. Wie sich herausstellte, hatte der Wachmann, dem sie auf dem Weg herunter begegnet war, auf seinem ersten Routinerundgang nach Schließung des Hauses für das Publikum hier Licht gesehen, das aus der nur angelehnten Tür fiel, und dies Frau Hunger mitgeteilt, der er zuvor schon begegnet war. Diese hatte, wie sie sagte, noch etwas Spannendes entdeckt und daraufhin erst einmal die Tür zugezogen und von außen verschlossen, damit, wer immer hier sein Unwesen trieb, nicht entkommen konnte.

„Was haben Sie denn so Spannendes entdeckt?“, fragte Lessing neugierig, dessen sechster Sinn ihm sagte, dass, was immer hier vor sich ging, mit großer Sicherheit mit dem Tod der beiden so unterschiedlichen Theaterangestellten zu tun hatte. Mit einem Schlag fühlt sich Lessing wieder nüchtern und voller Tatendrang.

Neumann hingegen war von der nostalgischen Magie dieses Raumes gefangen. Er überließ es seinem Freund Lessing, die Fragen zu stellen, und sah sich staunend mit offenem Mund um wie ein Kind unterm Weihnachtsbaum.

Um zu demonstrieren, was sie den Ermittlern so unbedingt hatte zeigen wollen, führte Steffi Hunger derweil Lessing in die hinterste Ecke des Raumes, wo er erstaunt eine riesige, schwere Requisitentruhe entdeckte, die jemand beiseitegeschoben hatte. Im Boden unter dieser Truhe befand sich eine eiserne Falltür, die viel älter wirkte als etwa die Metallregale im Raum. Sie zeigte starke Spuren von Durchrostung und stand nun offen. Eine metallene Sprossenleiter führte hinunter ins Dunkel.

„Das da", sagte Steffi Hunger triumphierend, deutete auf Luke und Leiter und schwang sich kurzentschlossen auf die oberste Sprosse. Lessing wollte sie aufhalten, doch Neumann kam ihm zuvor.

„Warten Sie bitte, Frau Hunger – wenn ich Sie richtig verstanden habe, sind Sie keineswegs sicher, was uns da unten erwartet."

„Ich erinnere mich dunkel, mal was von einem Tiefbunker unter dem Goetheplatz gehört zu haben, wo sich im Zweiten Weltkrieg alles aus der Innenstadt reinflüchtete, was Beine hatte", warf Lessing ein, und Neumann war wieder einmal beeindruckt von Lessings wahrhaft enzyklopädischem Wissen.

„Wir sollten uns Licht besorgen, bevor wir da runtergehen", sagte der Lehrer gerade. Steffi Hunger hatte offenbar mit dem Gedanken gespielt, sich über Neumanns Aufforderung zu warten einfach hinwegzusetzen, doch nun schwang sie sich seufzend wieder herauf in den Requisitenlagerraum. Neumann fragte sich, ob die burschikose Frau, die auf ihn äußerst nett und klug wirkte, mehr wusste oder zumindest ahnte, als sie ihnen mitteilte. Sie schien ihr Herz nicht gerade auf der Zunge zu tragen, sondern das, was sie wirklich dachte, oft hinter ironischen oder doppelsinnigen Bemerkungen zu verbergen, und obwohl sie auf gewisse Weise anziehend war, wenn man mit ihr redete, blieb sie nicht im Gedächtnis. Neumann stellte fest, dass er sie, obgleich er einige Tage zuvor länger mit ihr gesprochen hatte, nicht so hätte beschreiben können, dass ein Polizeizeichner ein taugliches Phantombild von ihr hätte anfertigen können. Aber Steffi Hunger schien es einfach einerlei zu sein, wem sie ihm Gedächtnis blieb und wem nicht. Sie machte ihre bissigen Bemerkungen, war nie wirklich unhöflich – und wirkte jetzt auf einmal wie vom Jagdfieber gepackt.

„Licht? Kommt sofort, die Herren“, sagte sie mit spöttischer Dienstbeflissenheit und verschwand in Richtung ihrer eigenen Arbeitsstätte. Nach etwas mehr als zehn Minuten, in denen sich in dem Requisitenlagerraum absolut nichts tat, außer dass sich Lessing und Neumann in gespanntem Warten übten, tauchte sie wieder auf, zwei große Stabtaschenlampen und zwei Anderthalb-Liter-Plastikflaschen Mineralwasser unter dem Arm.

„Wollen wir, die Herren?“, fragte sie einladend.

Lessing schnappte sich eine der Taschenlampen. „Nimm nichts als die geheime Ahnung mit. Von nun an gibt es kein Zurück!“, grinste er und walzte auf die Luke im Boden zu.

„Wie bitte?“, fragte Neumann irritiert.

„Das ist aus dem *Phantom der Oper*. Wäre doch gelacht, wenn wir das Phantom des Nationaltheaters nicht fänden.“

Mit diesem Worten und einem Ächzen zwängte sich Lessing durch die Luke.

In geheimen Tiefen

Nationaltheater am Goetheplatz
Mannheim
Tiefbunker
Palmsonntag, 1. 4. 2012

Leo Lessing sah sich mit unergründlicher Miene in dem Raum um, in dem sie standen. Er hatte etwas weniger als normale Zimmerhöhe, roh gemauerte Wände und nach einer Seite – Westen, wenn ihn sein Orientierungssinn nicht trog – eine weiterführende Tür. Die Luft war staubig und trocken. Er warf einen Blick auf die Wasserflaschen in Steffi Hungers Arm und sagte. „Kann ich einen Schluck haben?"

Sie reichte ihm wortlos eine der großen Weichplastikflaschen. Er schraubte sie auf und trank in tiefen, gierigen Zügen, obgleich Wasser sonst wahrlich nicht zu seinen bevorzugten Getränken gehörte. „Danke", sagte er schließlich und reichte der Chefrequisiteurin das Wasser zurück.

„Herr Neumann, was ist mit Ihnen?", erkundigte diese sich.

Neumann schüttelte den Kopf und fragte: „Was ist das hier?"

„Auf dem damaligen Freigelände zwischen Goethe- und Hebelstraße richtete der im Jahr 1900 gegründete Mannheimer Lawn-Tennis-Club – so genannt, weil er nur Rasentennis spielte – seine Spielstätten ein", erläuterte Steffi Hunger, ehe Lessing etwas sagen konnte. „Fortan konnten Angehörige der wohlhabenden Familien, die zu einem großen Teil gerade dabei waren, aus den Quadraten in die neue, vornehme Oststadt überzusiedeln, auf vier, später sechzehn Plätzen dem so beliebten, aus England importierten Sport der Reichen und Schönen nachgehen. Im Rahmen des im Herbst 1940 anlaufenden Bunkerbauprogramms wurde dann hier unter dem Goetheplatz ein für die Innenstadt typischer Tiefbunker angelegt."

„Stimmt genau", schaltete sich Lessing ein, der es nur schwer ertrug, wenn andere in seiner Gegenwart dozierten. „Nach dem Zweiten Weltkrieg blieb dann die unterirdische Anlage erhalten. Man hat sie sogar kurzzeitig als Studentenwohnheim genutzt. Spannende Idee … zwischen 1954 und 1957 entstand schließlich auf dem ebenso zentral wie verkehrsgünstig gelegenen Platz am Friedrichsring das neue, heutige Nationaltheater– der historische Bau in B 3 war 1943 den Bomben der Engländer zum Opfer gefallen. Zu den Kosten für den Neubau hatte die Mannheimer Bürgerschaft mit großer Spendenbereitschaft beigetragen."

„Richtig", nickte Steffi Hunger. „Aber ich glaube, niemand oben im Haus weiß oder wusste, dass es ein Untergeschoss des Bunkers gab. Obwohl ich mich erinnere, irgendwann gelesen zu haben, dass Mannheim in früheren Zeiten quasi unterkellert war mit einem ganzen Netzwerk von Stollen und Gängen. Als der Mannheimer Gemeinderat 1890 dem Frankfurter Stadtbaurat William Heerlein Lindley die Gesamtleitung eines neuen städtischen Kanalnetzbaus in der Innenstadt übertrug, wurden viele dieser alten Stollen mit einbezogen, heißt es."

Neumann nickte abwesend und blickte zu der weiterführenden Tür, die Frau Hunger gerade näher in Augenschein nahm. Sie öffnete sie, was ein lautes, durchdringendes Knarren zur Folge hatte. Dahinter lag ein langer, dunkler Gang, der in einem seltsamen Winkel von der Tür wegführte und nach vielleicht fünfzig Metern scharf nach rechts abbog.

„So, wie der Gang hier anfangs verläuft, führte er unter dem Nationaltheater hindurch, zum Friedrichsring hinüber und dort vielleicht unter die Quadrate. Aber wenn er weiter solche seltsamen Winkel und Kurven macht, wie wir sie hier sehen, vermag ich Genaueres nicht zu sagen“, ließ sich Steffi Hunger vernehmen.

„Es gibt nur einen Weg, es herauszufinden – gehen wir“, sagte Leo Lessing resolut, schob sich an ihr vorbei und betrat mit seiner Taschenlampe den Gang. Die Chefrequisiteurin folgte ihm auf dem Fuße, und Neumann bildete mit der zweiten Lampe die Nachhut.

Diese Lampe fiel nach etwa vier Minuten Fußweg aus. Sie debattierten kurz, ob sie umkehren und neue Batterien holen oder weitergehen sollten, entscheiden sich aber für Letzteres … alle drei waren, ohne dass es jemand ausgesprochen hatte, sicher, dass sie hier einer großen Sache auf der Spur waren, und dann musste eben Lessings Lampe ausreichen, um sie aufzuspüren. In dieser dunklen Umgebung unter der Quadratestadt, erhellt nur von einer einzigen Stablampe, kam ihm die kurze Zeit, die sie sich bisher vorwärts bewegt hatten, wie eine Ewigkeit vor. Hatte nicht Victor Hugo behauptet, man fände Diamanten nur im Dunkel der Erde und Wahrheiten nur in den Tiefen des Denkens? Tief ins Nachdenken versunken tappte er weiter, der Lichtkegel seiner Lampe tanzte im Rhythmus seiner schweren Schritte durch den gemauerten Gang.

Ein Krachen riss Lessing aus seinen Gedanken. Der Boden gab nach! Halt suchend riss er die Arme hoch, doch es war zu spät – begleitet von weiterem Krachen, das durch die Enge des Ganges zu einem ohrenbetäubenden Hallen verstärkt wurde, brach er nach unten durch und schlug nach einem erfreulich kurzen Erlebnis des freien Falls schwer auf dem Rücken auf. Durch den Sturz hatte Lessing vollkommen die Orientierung verloren. Seine Taschenlampe lag unweit von ihm auf dem Boden und schnitt einen statischen gelblich-weißen Kegel, in dem Staub tanzte, in die vollkommene Finsternis, die ihn umgab. Es roch muffig und feuchter als in dem Gang, dem sie bisher gefolgt waren.

„Leo!“, hörte er von oben Neumanns bestürzte Stimme, begleitet von den schabenden Geräuschen, die entstanden, als der Freund sich an Frau Hunger vorbeidrängte und sich am Rand des Lochs auf Hände und Knie fallen ließ, ohne sich um seinen grauen Anzug Gedanken zu machen.

Sehr schön. Er hörte Antons Stimme. Er hatte sich also nicht das Genick gebrochen, war mithin nicht tot. Atmen konnte er nicht … aber das lag sicher nur daran, dass ihm der Sturz alle Luft aus der Lunge gepresst hatte, und würde sich geben. Er sah sich um, aber so etwas wie eine Richtung ließ sich da, wo er jetzt lag, nicht bestimmen. Ungelenk wuchtete er sich hoch und versuchte, sich den Staub abzuklopfen. Sinnlos. Der braune Nadelstreifenanzug war unwiederbringlich ruiniert.

„Leo?“ Noch einmal Antons Stimme, noch banger als zuvor.

„Ja“, ächzte Lessing. „Mir geht's gut … glaube ich jedenfalls. Was ist denn überhaupt genau passiert?“

Neumann und Frau Hunger wollten beide gleichzeitig mit dem Sprechen loslegen, sodass Lessing zunächst gar nichts verstand. Dann verstummten beide, und schließlich sagte die Chefrequisiteurin: „Hier hat jemand das Loch im Boden, durch das Sie gebrochen sind, notdürftig mit Latten abgedeckt. Hmm … sehen Sie das auch, Herr Neumann?“ Sie beugte sich vor, und ihr Strubbelkopf erschien neben Antons in der Öffnung über Lessing.

„Was denn … oh, ich glaube, ich verstehe, was Sie meinen. Leo, kannst du uns mal die Lampe raufreichen?“

Ächzend bückte sich Lessing nach der Stablampe und reichte sie hoch. Sofort war er in vollkommene Finsternis gehüllt.

„Was immer ihr da oben vorhabt, beeilt euch bitte – ich kann die Hand nicht mehr vor Augen sehen.“

„Du kriegst die Lampe gleich wieder, ich muss mir nur noch etwas genauer anschauen … dachte ich's mir doch", antwortete Neumann.

„Genau das habe ich gemeint", bestätigte Steffi Hunger.

„Würde es zu weit führen, wenn ich euch bitte, mich nicht dumm sterben zu lassen?", knurrte Lessing aus der Finsternis zu seinen beiden Begleitern hinauf.

„Na ja", sagte Neumann, „dieser Gang sah ja bisher nicht danach aus, als ob darin täglich ganze Völkerscharen reisen." Er bewegte sich ein Stück rückwärts, und sein Kopf verschwand aus dem Lichtkreis der Stablampe. „Aber diese Latten sind sozusagen taufrisch – ich würde sagen, die hat jemand in den letzten Tagen hier drübergelegt." Lessing hörte Schritte, dann sagte der Kriminalhauptkommissar: „Wir hätten auch nur noch vielleicht hundert, hundertfünfzig Meter weitergehen können, da vorne ist der Gang dann vermauert. Und zwar schon lange."

„Gib mir mal die Lampe wieder", entgegnete Lessing. Nachdem Neumann seiner Bitte nachgekommen war, nahm er sich die Zeit, in aller Ruhe die Stätte abzuleuchten, an der er gelandet war, und tatsächlich: Es handelte sich um einen weiteren Gang, fast eine Art Stollen, mindestens so alt wie der darüber liegende, der an dieser Stelle begann und sich ins Dunkel erstreckte – und an einer Wand lag eine moderne Alu-Klappleiter. Wer auch immer hier vor ihnen gewesen war, war mit ihrer Hilfe durch das Loch im Boden respektive der Decke von Lessings Stollen gekommen.

Lessing teilte das seinen Begleitern mit und fragte abschließend: „Was nun?"

„Ich rufe Verstärkung", beschied ihn Neumann kurz entschlossen und zückte sein Mobiltelefon, doch natürlich hatte es so tief unter der Erde ebenso wenig Empfang wie das Lessings; Steffi Hunger hatte nicht einmal ein Handy einstecken.

„Dass die Leiter hier am Boden liegt, spricht dafür, dass, wer auch immer hier vor uns entlangkam, uns auch noch voraus ist“, sagte Lessing nach einer Weile. „Bleiben wir dran.“

Er stellte die Leiter auf, und Frau Hunger und Neumann kamen rasch herunter. Dann folgten sie dem Gang, den jetzt nur noch Lessings Stablampe erleuchtete, die bei dem Sturz auch gelitten hatte, gelegentlich flackerte und Aussetzer hatte. Es ging immer geradeaus. Keine Kurve, keine Abbiegung, nichts. Auch zweigten keine Seitengänge ab. Leo Lessing wähnte jedoch eine leichte Erhebung des Bodens festzustellen, je weiter sie kamen.

Dann erlosch seine Stablampe. Alles Schütteln, Ein- und Ausschalten und Fluchen half nichts: Sie standen in völliger Dunkelheit. Missmutig schob Lessing sie hinten in seinen Hosenbund. Dann stellte er die naheliegende Frage:

„Vorwärts oder zurück?“

„Jetzt will ich wissen, wo das hinführt“, knurrte Neumann. Lessing nickte, ehe ihm bewusst wurde, dass der Freund das ja nicht sehen konnte, und begann, sich an der Wand entlang weiterzutasten. Er hatte Schmerzen beim Einatmen – ob er sich eine Rippe gebrochen hatte? Bei dem Gedanken daran lief Lessing ein Schauer über den Rücken. Das war nicht ungefährlich … aber egal. Ihn hatte das Jagdfieber gepackt, und er wuchtete sich weiter durch die Dunkelheit.

Leo Lessing spürte: Hier unten – wo auch immer das war – würde er der Lösung des Rätsels um die beiden Toten aus dem Nationaltheater einen Schritt näherkommen. Würde möglicherweise erfahren, wer Ira Mendelssohn zuerst gefoltert und dann totgeschlagen hatte. Er war aufgeregt und hatte gleichzeitig Angst. Es gab zahllose mögliche Gründe für die Ermordung der jungen Bühnenarbeiterin, aber alle ließen vermuten, dass der Täter ein überaus skrupelloser Mensch war.

Anton Neumann war dicht hinter Lessing. Er wünschte sich sehnlichst, er hätte zum Essen in der *Axt* seine Dienstwaffe mitgenommen. Aber das Einzige, womit er sich im Notfall würde zur Wehr setzen können, war eine kaputte Stablampe – gut, die war als Schlagwerkzeig nicht zu verachten, aber ein echter Trost war sie ihm nicht. Leo, der vorausging, war sein bester Freund und mochte die barocke Antwort der Gegenwart auf Sherlock Holmes sein, aber ein Kämpfer war er nun wirklich nicht, und Frau Hunger ... nun, die hatte er zu beschützen, sonst nichts.

Leo Lessing stieß sich zum wiederholten Mal an einem unsichtbaren Hindernis den Kopf an und fluchte unterdrückt. Auch seine Handflächen waren schon ganz aufgeschürft von den rauen Gangwänden, an denen er sich seit geraumer Zeit entlangtastete. Plötzlich erklang vor ihm in der Finsternis ein leises Geräusch und ließ ihn erstarren. Was war das gewesen? Es hatte wie eine Art langgezogenes Scharren geklungen. Die anderen beiden liefen quasi auf ihn auf, doch sie hatten es offenbar auch gehört, denn sie verhielten sich mucksmäuschenstill und versuchten sogar, so leise wie möglich zu atmen. Lessing musste sich größte Mühe geben, seine romangeschulte Phantasie im Zaum zu halten und ruhig zu bleiben. Dann knirschte es wieder … da kratzte Metall über Stein. Lessing tastete weiter an der Wand entlang, wagte einen kleinen Schritt. Eine gute Armlänge vor ihm knickte der Gang um mehr als neunzig Grad nach links ab, sagten ihm seine tastenden Finger. Jedenfalls fassten sie ins Leere, wenn er sie weiterbewegte, aber scharf links abknickend spürte er, wie die Stollenwand weiterging. Die erste Abzweigung nach geschätzt einer halben Stunde – bemerkenswert zwar, aber an sich keine Gefahr. Dennoch schien ihm Vorsicht geboten. Schließlich würde der Gang da vorn in eine völlig andere Richtung weiterführen.

„Ist da etwa eine Sackgasse?“, zischte Steffi Hunger hinter ihm.

„Nein, der Gang knickt ab“, erklärte Lessing ihr im Flüsterton.

„In welche Richtung?“ Neumanns Stimme, kaum hörbar.

„Scharf nach links, mehr als rechtwinklig“, antwortete Lessing. „Da kommen auch die Geräusche her. Im Klartext: Da vorn ist vermutlich jemand.“

„Was nun?“, fragte die Chefrequisiteurin.

„Was meinst du, Anton?“

„Weiter?“ Was vom Kommissar kam, war eher eine Frage als eine klare Ansage.

Dann ertönte vor ihnen ein gewaltiges Krachen. Lessing verspürte einen feuchtwarmen Luftzug an der Wange. Es war, als hätte vor ihnen jemand ein Fenster aufgestoßen. Lessing fragte sich, ob er sich den leichten Fäkalienhauch in diesem Luftzug nur einbildete. Es gab nur einen Weg, mehr herauszufinden. Leo Lessing fasste sich ein Herz und wuchtete seinen schweren Leib um den Knick im Gang.

Ihn erwartete ein grotesker Anblick. Vor ihm ersteckte sich ein knapp hundert Meter langer, spitzwinklig abzweigender Gang. Im Dämmerlicht einer akkuversorgten Baustellenlampe stand am Ende dieses Ganges ein gedrungener, mittelgroßer Mann im rotweißen Hawaiihemd. In seiner linken Hand hatte er eine Spitzhacke.

Viel wichtiger aber war seine rechte Hand. Die umklammerte nämlich eine großkalibrige Pistole:

Die Mündung derselben zielte beunruhigend ruhig genau auf Leo Lessings Bauch.

Im Schacht

Irgendwo unter Mannheim
Montag, 2. 4. 2012

Leo Lessing zögerte keine Sekunde. Ansatzlos stürmte er, ein Musterbeispiel für die verheerenden Auswirkungen, wenn die Trägheit der Masse erst einmal überwunden war, den Gang entlang in Richtung des kleinen Raumes, zu dem der Gang sich dort erweiterte, wo der Bewaffnete stand. Ein leerer, schlichter Raum. Wie eine Zelle in einem Kerker voriger Jahrhunderte. Nur ohne Pritsche. Im Rennen wurde Lessing klar, wie idiotisch es war, einfach so auf einen mit einer Pistole Bewaffneten zuzurennen. Er gefährdete gerade sein Leben. Er riskierte, in einem alten, stillgelegten Gang irgendwo unter seiner geliebten Heimatstadt abgeknallt zu werden. Ob das einer der alten Stollen war, von denen Steffi Hunger zuvor gesprochen hatte? Wohl kaum, dafür sah er zu neu aus. Aber immerhin schien er irgendwo hinzuführen, denn es war unverkennbar, dass der Typ im Hawaiihemd mit seiner Spitzhacke versucht hatte, eine Vermauerung zu durchbrechen.

All diese Gedanken zuckten Leo Lessing durchs Hirn, während er auf den Mann mit der Pistole zurannte. Ein Gutes hatte die Situation: Der Kerl konnte nirgends hin, denn der Durchbruch durch die Stirnwand der Kammer war ihm noch nicht geglückt, und aus der einzigen anderen möglichen Richtung wuchtete gerade Lessing seine hundertfünfundzwanzig Kilo wie ein wütender Stier auf ihn zu. An ihm würde das Hawaiihemd nicht vorbeikommen. Und für Leo gab es andererseits kein Zurück.

Anton Neumann hatte eine kurze Schrecksekunde überwinden müssen, in der er sich nach dem Einbiegen in den Gang mit den neuen Verhältnissen vertraut gemacht hatte, doch dann hatte er sich an der Chefrequisiteurin vorbeigeschoben und war Lessing nachgeeilt. Er wusste genau, dass der Freund sich gerade in Lebensgefahr begab. Die Schritte der beiden dröhnten durch den Gang. Neumann hörte Lessing vor sich keuchen. Steffi Hunger erwachte aus ihrer Erstarrung und setzte sich ebenfalls in Bewegung; dabei rief sie verblüfft und überrascht: „Timmermann?!“

Dann geschahen mehrere Dinge gleichzeitig. Leo Lessing stolperte über eine Unebenheit im Boden, schlug ungebremst und mit der ganzen Wucht seines Gewichts der Länge nach hin und krachte mit dem Kopf auf den Steinboden. Ihm schwanden die Sinne, und das Letzte, was er hörte, war das Peitschen eines Schusses.

Dann war da nur noch wohltuendes Schwarz.

Kriminalhauptkommissar Anton Neumann war sich sicher, tot zu sein.

Um ihn herum war es dunkel und still. Er bekam kaum Luft, und Staub drang ihm in Mund und Nase, bis er glaubte, ersticken zu müssen. Doch halt … wenn er Angst hatte zu ersticken, war er vermutlich doch noch nicht tot.

Er spürte einen Druck auf seiner Brust und drehte sich langsam und qualvoll auf den Rücken, wobei ihm ein so grausamer Schmerz durch die linke Schulter fuhr, dass er erst einmal keuchend in der Schwärze liegenblieb.

Er spürte harten Steinboden unter seinem Rücken. Er lag also vermutlich noch immer in dem Gang, in dem er und Leo auf den Kerl mit der Pistole zugerannt waren. Gefühllosigkeit machte sich in seinem linken Arm breit, als die Wellen des Schmerzes nachließen, und die Kälte des Bodens kroch durch sein Jackett und das Hemd in ihn hinein, doch Neumann registrierte sie kaum. Seine Gedanken kreisten um Tod und Sterben, und ihm wurde allmählich klar, dass er eine stark blutende Schusswunde in der linken Schulter hatte. Niedergeschlagenheit überkam ihn, und er schloss die Augen zum Sterben, doch etwas in ihm kämpfte gegen die Resignation an und riss ihn zurück in die Realität seiner abscheulichen Situation.

Langsam ließ das Pochen in seiner Schulter wieder nach. Als er wieder einigermaßen klar denken konnte, bemerkte er ein Leuchten, das durch seine Augenlider drang. Neumann blinzelte, wobei ihm erneut Staub in die Augen geriet und grausam brannte. Instinktiv wollte er mit beiden Händen die Augen reiben, doch dann durchzuckte ein furchtbarer Schmerz seine linke Schulter, und der dazugehörige Arm fiel schlaff herunter. Neumann spürte die Schussverletzung im linken Oberarm, das Brennen in den Augen und bedauerte beinahe, doch lebendig zu sein.

„Nicht den Arm bewegen, der Kerl hat dich angeschossen", schimpfte eine Stimme, die er als Leos erkannte, und fügte gleich darauf nachsichtiger hinzu: „Wart mal ..."

Leo musste eines seiner unvermeidlichen, schneeweißen Stofftaschentücher mit eingesticktem Monogramm gezückt haben, denn Neumann spürte, wie weicher Stoff sanft über sein Gesicht glitt. „Lass mal die Augen geschlossen und probier, ein paar Krokodilstränen herauszudrücken, du hast beim Fallen jede Menge Staub ins Gesicht bekommen."

Lessing betastete Neumanns Arm. „Nicht lebensgefährlich, soweit ich das als Laie beurteilen kann."

Neumann dachte mit geschlossenen Augen nach. Tot war er nicht, und die Helligkeit bedeutete wohl, dass Leos Stablampe zwar beim Herunterfallen ausgegangen, aber nach wie vor funktionstüchtig war, ihren Aussetzer überwunden hatte und ihnen zumindest zeitweise wieder Licht spendete. Er selbst hatte starke Schmerzen im Arm. Außerdem hatte ihm der Sturz im Anschluss an den Einschlag der Pistolenkugel alle Luft aus der Lunge getrieben, und er konnte nur allmählich wieder ordentlich atmen. Aber Leo hatte wahrscheinlich recht – er würde es überleben.

„Wie lange war ich bewusstlos?", fragte der Kriminalhauptkommissar.

„Ein, zwei Minuten – Scheißdreck", antwortete Lessing. Der letzte Kommentar hatte der Lampe gegolten, die unvermittelt geflackert hatte.

„Was ist mit Frau Hunger?"

Als nicht sofort eine Antwort kam, öffnete Neumann erschrocken die Augen. Das Brennen hatte weitgehend nachgelassen. Er stellte fest, dass Leo ihn in den Raum geschafft hatte, wo sie den Mann im Hawaiihemd ertappt hatten. Blinzelnd sah er Lessing im Lichtkreis der Stablampe kauern, die der Freund auf dem Boden abgelegt hatte. Die Schatten ließen Lessings Gesicht in dem engen Raum wie die Maske eines antiken griechischen Choristen aussehen.

„Der Kerl hat sie mit sich weggezerrt, zurück in die Richtung, aus der wir gekommen sind", sagte Lessing schließlich.

Neumann fluchte. Dann sagte er: „Los, wir müssen hinterher."

Lessing schnappte sich die Stablampe. Dabei sah Neumann, dass er sich beim Sturz offenbar beide Handflächen aufgeschürft hatte. Lessing sah Neumann nachdenklich an. „Bist du sicher, dass du das schaffst?"

Neumann setzte sich auf, wobei er unwillkürlich beide Arme zu Hilfe zu nehmen versuchte, und stieß einen verhaltenen Schmerzensschrei aus. Keuchend ließ er sich gegen die

Wand fallen – es war die, an der der Mann im Hawaiihemd gearbeitet hatte – und Staub rieselte, begleitet von Knirschlauten. Lessing riss die Augen auf, und er wuchtete sich seinerseits vom Boden hoch, hastete zu Neumann hinüber und packte ihn – ausgerechnet am verletzten Oberarm. Er zog den aufschreienden Kriminalhauptkommissar von der Wand weg.

„Anton! Pass doch auf! Die Wand ist offenbar einsturzgefährdet!"

Neumann sah im Licht der Stablampe Lessings erschrockenes Gesicht nur eine Handbreit von seinem eigenen. Er atmete schwer und ließ die Schultern hängen. Seine Unterlippe bebte. „Tut mir leid ...", sagte er kleinlaut.

Lessing sah, dass Neumann unter Schock stand. Probehalber ließ er ihn los, musste aber sogleich wieder zupacken, als die Knie des Kriminalhauptkommissars nachzugeben drohten. Er ließ Neumann sanft zu Boden gleiten, bis dieser mit hängendem Kopf und an eine andere als die bedrohlich knirschende Wand gelehnt sitzenblieb. Dann drückte er Neumann die Stablampe in die Hand in der Hoffnung, er würde sich besser fühlen, wenn er das Licht hatte.

Der Kriminalhauptkommissar keuchte und atmete flach, er schien Lessing kurz vor einem Nervenzusammenbruch zu stehen.

„Anton?", sagte er sanft.

Der Kriminalhauptkommissar hob den Kopf und sah Lessing an, als sähe er ihn zum ersten Mal. Seine Augen waren matt, und Lessing fürchtete, der Freund werde ihm gleich entgleiten. Der Germanist verfluchte sich innerlich für seinen vorschnellen Angriff auf den Mann im Hawaiihemd. Egal – es hatte keinen Sinn, über vergossene Milch zu weinen.

Lessing biss die Zähne zusammen. Mit Neumann war derzeit nichts anzufangen, er musste allein zwei und zwei zusammenzählen. Also … sie waren irgendwo unter Mannheim. Was hatte der Kerl im Haiwaiihemd, der wahrscheinlich, wenn er Steffi Hungers Ausruf richtig deutete, Timmermann hieß, hier unten gewollt? Auf jeden Fall hatte er auf Neumann geschossen, der ihm jetzt blutend und halb weggetreten gegenübersaß. Lessing ballte die Fäuste und gestand sich ein, dass er es furchterregend fand, die Folgen einer Schussverletzung aus nächster Nähe sehen zu müssen. Egal, er musste sich zusammenreißen – schließlich galt es, diesen Timmermann zur Rechenschaft zu ziehen, die Hintergründe der Morde an einem Opernsänger und einer jungen Bühnenarbeiterin aufzuklären und den verletzten Neumann aus diesem Gang herauszuschaffen, ehe der bewusstlos wurde oder durch den Blutverlust ernsthaften Schaden davon trug.

Neumanns Kopf sackte auf die Brust. Lessing schob seinem Freund die Hand unters Kinn und hob ihn wieder an. Dann leuchtete er ihm mit der Stablampe ins Gesicht.

„Anton? Mensch, rede mit mir, ich bin es, Leo“, sagte er drängend und blickte Neumann fest ins Gesicht.

Neumann reagierte nicht, sah durch Lessing hindurch, als sei der gar nicht da.

„Anton!“ Lessing schwenkte die Stablampe, um Neumann aus seiner Starre zu reißen, doch auch das half nichts. Er legte sie wieder weg, ließ Neumanns Kopf los, der prompt wieder auf die Brust sank, und wuchtete sich ächzend hoch. Er machte Anstalten, das Taschentuch, mit dem er dem Freund das Gesicht abgewischt hatte, wieder in der Innentasche seines Jacketts verschwinden zu lassen, warf einen angewiderten Blick darauf und ließ es fallen. Dann überprüfte er seinen eigenen Zustand. Die Anzugshose war über dem Knie zerrissen, was Lessing außerordentlich verdross. Er grunzte, rieb sich das Kinn, und seine Laune erreichte einen Tiefpunkt, als er feststellte, dass sein rechter Jackettärmel oben an der Schulter ausgerissen war. Außerdem stellte er Abschürfungen an beiden Handflächen fest.

Leo Lessing stapfte mit den wenigen Schritten, für die der kleine Raum Platz bot, auf und ab und versuchte, einen klaren Gedanken zu fassen. Neumanns apathischer Zustand machte ihm große Sorgen. Er überlegte krampfhaft, wie er Anton wieder unter die Wachen und Lebenden befördern konnte. Er richtete seinen Blick erneut auf den teilnahmslos dasitzenden Kriminalhauptkommissar.

Als ihm auch nach ausführlichem Nachdenken nichts Besseres einfiel, bückte sich Lessing, holte aus und verpasste Anton eine schallende Ohrfeige. Das Klatschen hallte von den Wänden wider.

„Wenn seine Wange genauso wehtut wie meine Hand", dachte Lessing, „dann müsste ihn das eindeutig geweckt haben." Trotzdem holte er vorsichtshalber nochmals aus. Da keuchte Neumann, fasste sich an die rotglühende Wange und sah Lessing mit einem Blick an, der wieder völlig klar und wenig begeistert schien. „Was ...", begann er.

„Toll!", rief Lessing. „Du bist wieder du selbst!"

Neumann rieb sich die schmerzende Wange. „Hast du mir eben echt eine geknallt?"

„Nur aus therapeutischen Gründen!", sagte Lessing grinsend. „Ich habe dich sozusagen von den Ufern des Styx zurückgerissen." Dann warf er seinem alten Freund einen besorgten Blick zu. „Nein, mal im Ernst, Anton: Es sah aus, als würdest du gleich das Bewusstsein verlieren."

Neumann warf einen Blick auf seinen blutverschmierten Ärmel und runzelte die Stirn. „Ich glaube, ich brauche dringend einen Arzt ..."

Lessing beugte sich zu Neumann herunter und sah ihm ernst ins Gesicht. „Genau zu dem bringe ich dich auch, sobald wir wieder aus diesem verdammten Labyrinth heraus sind.“

Neumann sah Lessing an und sagte nichts.

Lessing drückte ihm die Stablampe in die unverletzte Hand. Er gedachte, den Freund bei seinem Verantwortungsgefühl zu packen und so daran zu hindern, doch noch zusammenzuklappen, ehe sie wieder am Tageslicht waren. „Du hast jetzt unser einziges Licht. Pass gut darauf auf. Auf geht‘s!“

Lessing richtete sich auf und gab Neumann die Hand, der sich wacklig aufrappelte. Dann ging er unsicheren Schritts in die Richtung zurück, aus der sie gekommen waren, warf aber ständig Blicke über die Schulter, um zu sehen, ob Lessing ihm auch folgte.

Irgendwann merkte Neumann, dass sich seine Welt auf den fahlen Lichtkegel der Stablampe zu verengen begann. Er versuchte, nicht an die Verletzung in seinem Arm zu denken, sich nicht zu überlegen, was dieser Timmermann wohl mit der Chefrequisiteurin angestellt hatte, und verdrängte sogar die ungeklärte Frage, wie die wirren Ereignisse der letzten Tage zusammenhingen. Hinter sich hörte er den schweren Atem Lessings, der ihm folgte wie eine Motte dem Licht.

Er spürte, wie er den Schmerz nicht mehr ignorieren konnte.

Er spürte eine Enge in der Brust.

Und ein Gedanke wurde immer übermächtiger in Anton Neumanns Kopf:

Sie mussten dringend hier raus.

Phantom-Schmerzen

Irgendwo unter Mannheim
Montag, 2. 4. 2012

Anton Neumanns Welt war Schmerz.

Seine Wange brannte noch immer von der Ohrfeige, die ihm Leo Lessing versetzt hatte. Von der Schusswunde in seinem Arm breiteten sich in pulsierenden Wellen Schmerz und Kälte in seinem Körper aus. Neumann versuchte sich zusammenzureißen. Lessing hatte ihm das Licht anvertraut, er verließ sich auf ihn ...

Mechanisch setzte Kriminalhauptkommissar Neumann Fuß vor Fuß. Er atmete tief und spie aus, um den Staub loszuwerden, den er seit seinem Sturz im Mund hatte. Dann stand er plötzlich an einem Punkt, den er auf dem Herweg für eine Nische im Gang gehalten hatte, die sich aber nun, als der Schatten umgekehrt fiel, als Abzweigung entpuppte. Konnte es sein, dass er sie übersehen hatte? Klar, er war jetzt verletzt und musste dringend aus diesem Gangsystem heraus, brauchte ärztliche Versorgung, aber was war mit Steffi Hunger und diesem Timmermann? Er spähte in den vorher nicht gesehenen, schräg nach links abgehenden Stollen. Der wirkte alles andere als sicher, die gemauerten Wände schienen instabil und die Decke brüchig. Ob dieser Timmermann hier abgebogen war? Oder war dies eine neuerliche Falle, ein Versuch, ihn und Leo in diesen maroden Stollen zu locken, um zu vollenden, was der Mann im Hawaiihemd mit seinem Schuss begonnen hatte? Was sollten sie tun? Frau Hunger ... sie war in Gefahr …

Neumann merkte, dass der Schmerz es ihm schwermachte, sich zu konzentrieren. Er beschloss, Lessing die Entscheidung zu überlassen. Er wollte ihn ansprechen, aber es kam nur ein

Krächzen, und mit einem Mal wurde dem Kriminalhauptkommissar bewusst, dass er schrecklichen Durst hatte.

„Was ist, Anton?“, erklang die Stimme seines Freundes dicht hinter ihm.

„Ich habe furchtbar Durst“, hörte Neumann sich sagen. „Und … da ist eine Abzweigung.“ Er leuchtete hin.

„Ich habe auch einen Mordsbrand, das kannst du mir glauben“, sagte Lessing und schob sich näher, sorgsam darauf bedacht, nicht gegen den schlaff herabhängenden, verletzten Arm des Freundes zu stoßen. „Ich muss die ganze Zeit an die zwei Kisten Riesling denken, die vor über zwei Wochen aus Ellerstadt bei mir eingetroffen sind und die ich noch nicht geöffnet habe. Sobald wir hier raus sind, machen wir zusammen ein oder zwei Fläschchen davon leer, das verspreche ich dir!“

Neumann hätte zwar ein großes Glas Wasser in diesem Augenblick völlig gereicht, aber er nickte mechanisch. Schließlich kannte er die Liebe seines Freundes zu den Weinen des Ellerstadter Winzers Markus Schneider nur zu genau.

Lessing musterte derweil die abzweigende Gangöffnung und schaute dann wieder zu Neumann. „Hier ist vor Kurzem jemand langgegangen.“

Neumann folgte dem Fingerzeig des Freundes und sah Fuß- und Schleifspuren im Staub am Boden. Lessing nahm ihm behutsam die Stablampe ab.

„Da schau“, sagte Lessing und leuchtete mit ruhiger Hand in den gewundenen, recht abschüssigen Seitengang hinein. Soweit ihr Lichtkegel reichte, reichte auch die Spur.

Vor allem aber sah Neumann ganz am äußersten Rand des vom Lichtstrahl der Stablampe erhellten Bereichs einen hellen Fleck auf dem Boden des Stollens. Er nahm die Lampe wieder an sich, begab sich von neuer Hoffnung erfüllt rasch hinüber und sah, dass sich insgesamt drei Lichtpunkte auf dem dunklen Gang abzeichneten. Er legte den Kopf in den Nacken und konnte direkt über sich einen schmalen Schacht erkennen, der weit oben offenbar von etwas abgeschlossen war, das drei Löcher hatte, durch die diffuses Licht einfiel.

„Schau mal da oben“, sagte er zu Lessing.

„Ein Gullydeckel, durch den das Licht einer Straßenlaterne fällt, würde ich sagen“, antwortete der, „und für uns ist es der Weg in die Freiheit.“

Neumann musste sich an die Gangwand lehnen. „Hast du irgendeine Ahnung, wo wir hier sind?“

„Nicht die geringste. Aber ich habe die Schnauze voll von diesem Herumgeirre unter Tage. Ich bin doch kein Maulwurf.“ Lessing lächelte schief. „Tut mir leid wegen der Ohrfeige vorhin. Ich hatte einfach keine bessere Idee.“

Wieder versuchte Neumann abzuwinken, benutzte dafür unwillkürlich den verletzten Arm und verzog vor Schmerz das Gesicht. „Schon gut ... ich habe gerade echt größere Probleme …“

„Es tut mir auch leid, dass ich so unbeherrscht auf diesen Typen losgerannt bin.“ Lessing sah veritabel zerknirscht drein. „Möglicherweise wärst du dann jetzt nicht angeschossen. Vielleicht sollte ich das mit dem Detektivspielen doch sein lassen ...“ Er zuckte mutlos die Achseln.

Neumann grinste ihn an. „Ist das ein Versprechen?“

Nun grinste Lessing seinerseits. „War das etwa ein Anflug von Humor? Sehr gut, das kenne ich zwar nicht von dir, aber es beweist, dass du noch unter den Lebenden weilst. Ich vermute, du kommst durch.“ Er schaute wieder nach oben. Dann sah er auf die Uhr an seinem Handgelenk. „Na toll, knapp nach drei Uhr nachts.“ Lessing umfasste die Stablampe fester und leuchtete nach oben, ohne allerdings weitere Erkenntnisse zu gewinnen. „Da dürfen wir kaum auf fremde Hilfe hoffen …“

„Willst du damit sagen, wir sollen da raufklettern? Ich bezweifle, dass ich mit der Schusswunde dazu in der Lage bin, und du kommst mir …“, Neumann warf einen anzüglichen Blick auf den beachtlichen Leibesumfang seines Freundes, „auch nicht gerade wie ein geübter Kletterer vor.“ Mit diesen Worten ließ er sich an der Gangwand herunterrutschen.

Lessing musterte seinen Freund eingehend. Der Kriminalhauptkommissar war noch blasser als zuvor. Neumann sah schauderhaft aus, seine Augen lagen tief in den Höhlen, sein ohnehin schütteres Haar hing schmutzig und wirr in die Stirn, und seine Wangen wiesen einen dunklen Bartschatten auf. Lessing war klar, dass auch er nicht gerade wie aus dem Ei gepellt aussehen konnte, aber Neumann stand eindeutig kurz vor dem Zusammenklappen. Leo machte sich echte Sorgen um den Freund, dessen linker Ärmel inzwischen komplett blutgetränkt war, der sich aber nach wie vor standhaft weigerte, Lessing auch nur in die Nähe seiner Verwundung zu lassen. Schweißperlen standen auf Neumanns wachsbleicher Stirn, und Lessing war sicher, dass der Freund recht hatte, was das Erklettern dieses Schachtes nach oben anging.

„Wir kommen schon hier raus. Wirst sehen ...“, versuchte er es mit vagen Trostworten.

Neumann sah Lessing mit einem Blick an, der deutlich machte, dass er ihm kein Wort glaubte. Doch der Germanist ließ sich ächzend neben ihm auf dem Boden nieder und zückte sein Handy. „Da siehst du. Ich habe ein Signal. So unmittelbar unter dem Schacht und nicht mehr umgeben von dicken Mauern schaffen wir es vielleicht, jemanden zu kontaktieren. Und dann heißt es nur noch warten. Fass dich halt mal in Geduld!“ Für die nächsten fünf Minuten war Lessing intensiv mit seinem Handy beschäftigt. Schließlich sah er Neumann an. „Nur ein Balken. Es kommt keine Verbindung zustande. Ich glaube, ich muss es mit einer SMS versuchen."

Neumann deutet mit der unverletzten Hand auf sein Jackett. „Hol mein Handy aus der Innentasche und wecke Frau von Reichenbach."

Lessing schnaubte. „Die hasst mich noch nicht. Wollen wir es nicht lieber mit Doro versuchen?" Neumann starrte nur trübsinnig vor sich hin. Also tat Lessing, wie ihm geheißen. „So, erledigt", sagte er nach einer Weile. „Jetzt heißt es warten!"

„Was meinst du, wie lange?", fragte Neumann matt, und Lessing merkte, dass es seinem alten Freund von Minute zu Minute schlechter ging. Er hatte selbst keine Ahnung, wann Judith von Reichenbach seine SMS erhalten würde, wusste im Grunde nicht einmal, ob die Tatsache, dass sie im „Versendet"-Ordner gelandet war, eine Garantie darstellte. Aber er musste Neumann trösten und vor allem wachhalten. Aus irgendeinem Grund hatte er instinktiv Angst vor einer Ohnmacht des Freundes.

„Keine Ahnung, ehrlich gesagt", begann er. „Aber wie lang kann es schon dauern? Ich meine, die Reichenbach ist Polizistin, die ist doch genau wie du darauf gedrillt zu reagieren, sobald ihr Handy anschlägt." Pause. „Mich würde interessieren, wer dieser Timmermann war und woher Frau Hunger den Drecksack kannte."

Neumann starrte den Freund an, als verstehe er kein Wort von dem, was der sagte.

„Ich nehme an", fuhr Lessing fort, „die werden sowohl versuchen, uns oberirdisch aufzuspüren als auch uns zu folgen. Ich habe in die SMS reingeschrieben, dass wir unterm Nationaltheater von der Requisite aus eingestiegen sind."

Neumann nickte mechanisch. „Du hast recht, jetzt kann es sich nur noch um Stunden handeln“, sagte er im Versuch, einen Scherz zu machen. Es entstand eine längere Pause. Dann sagte der Kriminalhauptkommissar tonlos: „Leo … ich habe fast keine Schmerzen mehr, aber mir wird so kalt. Bitte red weiter mit mir, egal was, nur halt mich wach … ich fürchte, wenn ich jetzt wegdämmere, wache ich vielleicht nicht mehr auf.“ Er machte eine fahrige Geste mit der linken Hand, und Lessing sah im schwächer werdenden Licht der Stablampe, dass auch die Hand völlig blutverschmiert war und Blutstropfen von der Mittelfingerspitze des Freundes fielen.

„Okay, alles klar“, sagte er beruhigend und versuchte, die Panik, die in ihm hochstieg, nicht in seiner Stimme aufscheinen zu lassen. „Wenn du meinst, einschlafen ist nicht gut, dann bleib bloß hier bei mir, okay?“

„Du machst dir Sorgen.“ Neumann sah in dem Schacht nach oben, wo so nah und doch so unerreichbar fern die Freiheit auf sie wartete. In diesem Augenblick donnerte es, und Regentropfen fielen auf sie herab.

Lessing wusste nicht recht, was er sagen sollte, aber Neumann kam ihm zuvor. „Dorothea hasst dich nicht, weißt du“, sagte er.

„Doro“, grinste Lessing, „ist eine unentspannte Krampfhenne, die mich für einen verfressenen, zügellosen Hedonisten hält, der einen schlechten Einfluss auf ihren Lebensabschnittsgefährten hat, schon allein, weil ich Veganer schwer erträglich finde. Wobei ich mich in den Punkten eins und drei schuldig bekenne.“

„Nun ... “ Neumann konnte dem Freund nicht so recht widersprechen. Das Thema war ihm unangenehm, weil es jedes Mal zu Spannungen kam, wenn er Leo daheim erwähnte.

Den Spagat zwischen seinem ältesten, besten Freund und der Dame seines Herzens hatte er eigentlich ziemlich satt.

„Schweigen bedeutet Zustimmung“, grinste Lessing.

„Kein Kommentar“, brummte Neumann.

Lessing fiel auf, dass die Aussprache seines Freundes undeutlich wurde.

Er klatschte Munterkeit vortäuschend in die Hände und sah den Schacht empor. „Wo bleiben die denn? In der Zeit kann man ja ein dreigängiges Menü zubereiten …“

Neumann warf ihm einen flüchtigen Blick der Dankbarkeit für den Themenwechsel zu. Dann sah auch er nach oben. „Was ist, wenn Frau von Reichenbach die SMS erst sieht, wenn sie aufsteht?“, fragte er leise.

Lessing sagte beruhigend: „Ach was! Die setzt bestimmt schon alle Hebel in Bewegung! Du weißt doch, Freund und Helfer und so!“

Neumann war nicht beruhigt. „Manchmal vergisst sie sogar ihr Handy auf dem Schreibtisch ...“, sagte er.

„Sag mal, geht’s noch?“, ereiferte sich Lessing. „Und ich dachte immer, ich lese zu viele Psychothriller. Kannst du auch mal ein bisschen positiv denken?“

Neumann war nicht nach positivem Denken. Er hatte sich noch nie im Leben so elend gefühlt. Und da droben, in der wirklichen Welt, ging ihr Fall irgendwie ohne sie weiter …

„Das fällt … fällt mir zugegebenermaßen etwas schwer, Leo. Was vielleicht auch mit der Schusswunde in meinem Arm zusammenhängen mag.“

„*Beneath the Opera House* …“, sang Lessing halblaut.

„Was?“ Neumann brauchte einen Augenblick, aber dann musste er trotz allem grinsen. „Du hast recht. Das Ganze hat was vom *Phantom der Oper*.“

Lessing erwiderte das Grinsen. „Nur dass unser Phantom, dieser Timmermann, statt Halbmaske und Operncape ein geschmackloses Hawaiihemd trug ...“

Neumann sinnierte: „Was wollte der Kerl wohl hier unten? Und was mag er mit Frau Hunger angestellt haben?“

Dann hörten sie plötzlich lautstarke Stimmen. Für einen kurzen Moment dachte Lessing, das Schicksal schreibe ein gar zu absurdes Drehbuch und der gedrungene Mann mit der Pistole sei wie aufs Stichwort wieder aufgetaucht. Doch dann wurde ihm klar, dass die hitzigen Worte nicht aus den Gängen um sie herum erklangen, sondern von oben kamen, von oberhalb des Gullydeckels – und dass sie daher rührten, dass ich zwei ganz offensichtlich alles andere als nüchterne Männer in breitestem Mannheimer Dialekt stritten. Es ging um die letzte verbleibende Flasche Bier der Nacht.

Begeistert klatschte Lessing in die Hände und wuchtete ächzend sein beachtliches Lebendgewicht auf die Füße. „Hörst du das, Anton? Jetzt wird sich alles zum Guten wenden. Da oben sind Leute!“

Er sah zu Neumann hinunter und streckte dem Freund die Hand hin. „Hoch mit dir! Jetzt schaffen wir dich hier raus und zu einem Arzt, schlafen uns mal aus, und dann ist der Fall wieder dran.“

Neumanns erster Impuls war, einfach sitzen zu bleiben und den Fall Fall sein zu lassen. Aber Lessing ließ nicht locker. Er ergriff mit beiden Armen den gesunden Arm des Kriminalhauptkommissars, riss Neumann eher grob hoch und stellte ihn auf die Füße.

„Anton! Da oben sind Leute! Hilf mir gefälligst brüllen!“ Der Germanist warf den Kopf in den Nacken und röhrte: „Hier! Haaaaallooooooo! Wir sind hier unten!“

Die Stimmen oben verstummten abrupt.

Gerade als Lessing dachte, die beiden Streithähne seien einfach ungerührt weitergezogen, hörte er eine Stimme sagen:

„Hosch des gheerd, Rudi? Do drunne sin Leid. Un isch glaab, die brauche Hilf.“

Durch die Nacht – ans Licht

Irgendwo unter Mannheim
Montag, 2. 4. 2012

„Hallo? Holen Sie uns hier heraus. Schnell! Mein Freund hier ist verletzt“, brüllte Lessing aus Leibeskräften.

Nichts geschah. Lessing war irritiert. „Was machen die denn da oben? Die könnten doch wenigstens Hilfe holen! Komm, hilf mir, Anton, wir probieren mal, gemeinsam zu schreien.“

„Hallo! Hallo!“, rief Neumann zaghaft.

„Okay, da ist noch Luft nach oben“, brummte Lessing.

„Da tut sich etwas!“, rief Neumann plötzlich und deutete mit dem unverletzten Arm nach oben.

Lessing folgte mit dem Blick den bebenden Fingern des Kriminalhauptkommissars, und tatsächlich, der Gullydeckel wurde unter allerlei Ächz- und Brummlauten beiseitegeschoben, und in das entstehende Rund aus nachtdunklem Himmel und wuchernden Gräsern schoben sich die gegen den Nachthimmel wie Scherenschnitte anmutenden, reichlich zerzausten Köpfe zweier Menschen, die zu Lessing und Neumann herabblickten.

„Na also, geht doch“, brummte Lessing zufrieden. Dann schwenkte er die Stablampe wild über seinem Kopf hin und her.

„Heda! Wir sind hier unten!“, rief er nach oben, und die beiden Männer riefen begeistert zurück. Einer der beiden – der, der offenbar Rudi hieß – forderte seinen Trinkkumpanen, den er Erwin nannte, auf, „die Polizei zu holen oder so“. Daraufhin verschwand einer der beiden Köpfe ruckartig.

„Geht's Ihne guud do unne?“, erklang Rudis reichlich biergesättigte Stimme, und Lessing bestätigte dies mit letzter

Kraft, ehe er sich erleichtert über die bevorstehende Rettung an Neumanns Seite zu Boden sacken ließ. Der wirkte wieder seltsam unbeteiligt. Nach endlos erscheinenden Minuten erklang von oben Erwins Stimme, die in einer hörbar angestrengten Parodie von Hochdeutsch verkündete, er habe einen Streifenwagen von der H-Wache angehalten und jetzt werde alles gut.

„Die sollen sich bloß beeilen“, rief Lessing zur Antwort hinauf.

Dann wandte er sich Neumann zu. „Wir haben's geschafft, Anton. Es ist so gut wie ausgestanden. Du musst nur noch einen Moment durchhalten ...“

Der Kriminalhauptkommissar nickte, aber er hatte sichtlich Schwierigkeiten, seinen Blick auf Leo zu fokussieren.

Lessing redete auf ihn ein wie auf einen kranken Gaul: „Deine Kollegen von der H-Wache sind unterwegs. Die sollen dich als Ersten raufziehen. Und dann schaffen wir dich zu einem Arzt.“

Neumann warf Lessing einen dankbaren Blick zu. Dann sagte er heiser und leise: „Durst … und müde. So müde.“

Leo Lessing sah Anton mit kritischem Blick ins Gesicht. Ja, es war dringend erforderlich, dass sie hier rauskamen. Zum Glück brach just in diesem Moment hektische Betriebsamkeit an der Oberwelt aus. Mehrere Motoren tuckerten durch die gespenstische Stille der Nacht, man hörte die typischen Geräusche hastig durcheinanderlaufender Menschen, Befehle wurden gebrüllt.

Rudi und Erwin hatten ihre Sternstunde und ließen es sich nicht nehmen, ihre zehn Minuten im Rampenlicht zu genießen, indem sie praktisch jeder eintreffenden Rettungskraft, die nicht schnell genug floh, in haarkleiner Ausführlichkeit die Geschichte der zurückliegenden halben Stunde erzählten.

Lessing trug zu dem allgemeinen Durcheinander noch bei, indem er halb toll vor Sorge um Neumann zu den Rettern hinauf brüllte: „He da oben! Geht das alles auch ein bisschen schneller! Ich habe hier unten Kriminalhauptkommissar Neumann, und der verblutet mir gleich!"

Daraufhin tauchte ein neuer Kopf im Schacht auf; Lessing vermutete einen Rettungssanitäter. Das Rufen intensivierte sich, und kurz darauf gesellten sich noch zwei durchdringende Martinshörner zum allgemeinen Chaos und rissen die Anwohner von wo immer auch da droben aus dem Schlaf. Blaue Lichtblitze schienen in den Schacht herab.

Neumann folgte all dem mit teilnahmslosem Blick. Lessing stand unter der Öffnung und starrte mit zusammengebissenen Zähnen nach oben. Schließlich rappelte sich sein Freund aus eigener Kraft auf und kam zu ihm herüber; Leo stützte ihn. „Du siehst echt ziemlich mitgenommen aus, Anton", grinste er voller Galgenhumor.

„Charmant wie immer", entgegnete Neumann matt und lehnte sich schwer gegen seinen massigen Freund.

Die Stablampe gab endgültig den Geist auf, und Lessing ließ sie einfach fallen. Irgendein Winkel seines Gehirns registrierte, dass der Ärmel seines ruinierten Jacketts da, wo der Freund sich gegen ihn lehnte, voller Blut war. Er hatte Antons Blut an sich …

Das rüttelte Lessing noch einmal auf. „He, macht ihr gerade Frühstückspause da oben oder was ist los?", rief er mit Stentorstimme. „Was treibt ihr denn bloß?"

Dann ging alles ziemlich schnell. Von oben wurde an einem vertrauenerweckend stabil aussehenden Seil ein Rettungssitz herabgelassen. Lessing sah nach oben: Das Seil wuchs in den allmählich vom ersten Grau berührten, winzigen Himmelskreisausschnitt über ihnen und endete in einem nicht minder massiven Gestell mit Winde, das die Retter über der Öffnung platziert hatten. Ein warmes Glücksgefühl durchströmte ihn. Er griff nach dem Sitz, stabilisierte ihn und manövrierte Neumann hinein.

„Auf geht's! Hoch mit ihm!“, rief er dann und zog kräftig am Seil. „Ich hoffe bloß, ihr habt einen Arzt da oben!“

Neumann, der in dem Sitz zusammengesackt war, schwebte langsam, aber stetig seiner Rettung entgegen. Lessing nahm sich die Zeit, sein ruiniertes Jackett anzusehen, verzog leidvoll und angewidert zugleich das Gesicht und warf es dann kurz entschlossen zu der Stablampe. Derweil half man droben Neumann aus dem Sitz. Er schrie auf, als helfende Hände versehentlich zu beherzt seinen verletzten Arm berührten.

Trotzdem gewann der Kriminale in ihm die Oberhand; undeutlich sagte er zu einem der uniformierten Polizisten: „Da war noch eine Frau …“

Der uniformierte Kollege, ein rundlicher Mittvierziger, der auf der Innenstadtwache schon sehr viel gesehen hatte, führte ihn zu einem wartenden Rettungswagen. Dabei sagte er: „Darum kümmern wir uns später. Jetzt sehen wir erst mal nach Ihrem Arm.“

Derweil sah Lessing unten in Mannheims Unterwelt den Rettungssitz wieder auf sich zu schaukeln. „Na dann!“; machte er sich selbst Mut und quetschte sich in das eindeutig für einen Menschen mit schmächtigerer Statur konzipierte Ding, sobald es nahe genug heran war. Mühsam beförderten auch ihn die Retter oberweltwärts. Sobald sein Kopf über dem Rand des Lochs auftauchte, sah er sich um. Ein brachliegendes Grundstück, ganz offenbar in den Quadraten. Sein suchender Blick fand den armen Neumann. Sein Freund saß in der geöffneten hinteren Tür eines Rettungswagens, halb in eine Decke gehüllt, und ein junger semmelblonder Sanitäter schnitt ihm gerade mit geübten Handgriffen Jackett- und Hemdsärmel weg.

Dann wurde der Sitz beiseite gezogen, und hilfreiche Hände halfen Lessing auf festen Boden. Er atmete schwer und hatte schon wieder so eine Enge in der Brust.

„Alles in Ordnung mit Ihnen?“, drang eine Stimme, von der er nicht einmal hätte sagen können, ob sei einem Mann oder einer Frau gehörte, undeutlich an sein Ohr. Das unbebaute Grundstück, Heimat all jener Gräser und Sträucher, die gemeinhin die Vorhut der urbanen Rückeroberungsflora bildeten, begann, sich um ihn zu drehen.

Stützende Hände griffen nach Lessing. Er taumelte, sein Blick wurde wie magisch von einem ersten Fleckchen Morgenrot angezogen, das sich im Osten – natürlich im Osten – zwischen zwei Fassaden des grauen Mannheimer Quadratehimmels bemächtigt hatte. Jemand lockerte seine Krawatte – hatte er die immer noch an?

Dann war es vorbei. Der Schwindel ließ nach, und die Hände einer jungen Notärztin halfen ihm sanft, sich im Gras niederzulassen, was er denn auch wenig anmutig tat. Leute wuselten um Lessing herum, ohne dass er sie erkannt hätte. Zwei Stadtstreicher, die vor Dreck starrten und kernig nach Bier und altem Urin stanken, blickten neugierig auf den dicken Mann in den ruinierten, feinen Klamotten hinab, der da vollkommen ausgepumpt mitten auf ihrem Lieblingszech- und Schlafplatz im Gras hockte. Lessing atmete tief durch und bereute es sofort eingehend, da der Wind schlecht stand und er eine volle Nase *Eau d'Erwin et Rudi* genommen hatte. Erneut erklangen Rufe um ihn herum, und jemand scheuchte die beiden Gestalten davon.

Lessings Blick folgte langen, schlanken Beinen nach oben über den Oberkörper bis zu einem ungeschminkten, aber dennoch attraktiven Frauengesicht mit klaren, angenehmen Zügen. Er versuchte sich an einem schiefen Grinsen.

„Willkommen zurück aus dem Hades, Herr Lessing“, sagte Kommissarin Judith von Reichenbach und grinste nicht minder schief.

Lessing lächelte dankbar. Dann sackte er rückwärts ins Gras und verlor die Besinnung.

Die nächste Einsatzbesprechung fand am späten Nachmittag desselben Tages am Krankenbett Anton Neumanns statt. Man hatte die Kugel aus seinem Oberarm operiert. Der Befund lautete, dass das Geschoss ihn zwar nicht unmittelbar lebensgefährlich verletzt hatte, dass er aber aufgrund des hohen Blutverlustes durchaus in großer Gefahr geschwebt hatte, als die Retter ihn schließlich ans Tageslicht zurückgeholt hatten. Nun lag er in einem Bett im Klinikum, angetan mit einem kleidsamen Flügelhemdchen, sah sehr bleich aus und war vermutlich zwei bis drei Wochen nicht diensttauglich.

Als erste der beiden Personen, die der wegen seines Ausfalls überaus missgelaunte Kriminalhauptkommissar praktisch unmittelbar per Handy an sein Krankenlager beordert hatte, traf Leo Lessing ein. Er hatte fast zehn Stunden wie ein Stein geschlafen, dann geduscht, hatte den verpassten Anruf Neumanns auf seiner Mailbox zur Kenntnis genommen und war ins Klinikum geeilt – nicht ohne einen Abstecher über die Buchhandlung Bender zu machen.

„Ich habe dir den aktuellsten Dan Brown mitgebracht“, sagte er beim Eintreten und wedelte mit dem von der netten Buchhändlerin an der Kasse „als Geschenk“ eingepackten Taschenbuch. „Ich wollte erst was anderes kaufen, aber ich weiß ja, wie du überbewertete Groschenromane mit Pulp-Plot und fragwürdiger Botschaft schätzt."

„Leg ihn hier auf den Nachttisch und nimm dir einen Stuhl, wir können gleich anfangen", entgegnete Neumann. Er hatte noch nicht richtig ausgesprochen, da öffnete sich die Tür seines Einzelzimmers erneut, und Kommissarin von Reichenbach, die nun offiziell die Ermittlungen leitete, trat ein. Sie nickte beiden Männern kurz zu, setzte sich auf den Stuhl, den Lessing gerade an die Seite des Bettes gezogen hatte, nahm ihre augenscheinlich schwere, überdimensionierte Handtasche von der Schulter und fragte: „Alles klar soweit, Chef?"

„Ich komme durch", versetzte Neumann mit einem Anflug von Galgenhumor. „Aber ich kann mich, wie Sie ja gehört haben, um den Fall nicht weiter kümmern."

„Dafür bin ja ich jetzt da", versetzte sie resolut. „Aber wenn Sie mir beide kurz zuhören, bringe ich Sie auf den neuesten Stand."

Es dauerte dann doch eine gute Viertelstunde, bis Lessing und Neumann auf dem Laufenden waren – die Ereignisse hatten sich überstürzt. Zunächst einmal hatten Polizisten, die auf Lessings SMS hin die Suche nach den Verschollenen vom Theater aus hatten aufnehmen wollen, die bewusstlose Chefrequisiteurin Steffi Hunger in dem Stollen unter dem Requisitenraum wiedergefunden, von dem aus sie mit Neumann und Lessing in das Ganglabyrinth unter Mannheim eingestiegen war. Sie war geknebelt und an einen den Gang stützenden Balken gefesselt gewesen, ansonsten aber unversehrt. Sie hatte ausgesagt, bei dem Mann, der den Kriminalhauptkommissar angeschossen hatte, handle es sich um einen Bühnenarbeiter namens Bernd Timmermann; der Mann war auf der Flucht, und von Reichenbach hatte eine Fahndung nach ihm herausgegeben.

„Außerdem haben wir zwar ein paar Vorschriften etwas biegen müssen, aber wir haben die Verbindungsdaten von Ira Mendelssohns Handy“, berichtete die dunkelgelockte Kommissarin weiter. Neumann und Lessing starrten sie gespannt an.

„Wie es scheint, hat die Tote nicht gern telefoniert“, sagte von Reichenbach. „Wir haben ganze vier Nummern in ihrer Anrufliste gefunden. Die eine gehört ihrer Schwester, die zweite ist eine Stationsnummer hier aus dem Klinikum, die Palliativstation. Die dritte gehört einem stadtbekannten Rechtsanwalt namens Dr. Magnus von Bahrenfeld und die vierte einem Mitarbeiter des Stadtarchivs, Klaus Dieter Krohns, ebenfalls Doktor.“

„Mit dem fangen Sie an“, beschloss Neumann impulsiv. „Knöpfen Sie sich den Mann vor.“

„Das dürfte schwierig werden“, entgegnete von Reichenbach.

„Warum?“, fragte ihr angeschossener Chef irritiert.

„Weil er in der Nacht von Freitag auf Samstag an seinem Arbeitsplatz auf ziemlich bestialische Weise ermordet wurde.“

Reichsbürger

Universitätsklinikum
Theodor-Kutzer-Ufer 1-3
Mannheim
Montag, 2. 4. 2012
17.25 Uhr

„Jemand hat ihn totgeschlagen, mit bloßen Händen und mit einem Baseballschläger. Muss ein ziemlicher Kraftmensch gewesen sein.“ Judith von Reichenbachs Stimme schien in dem Krankenzimmer ominös nachzuhallen.

„Noch einer …“ Anton Neumanns nach dem Erlebten ohnehin kratzige Stimme klang gequält.

„Ich verstehe nicht ganz“, warf Leo Lessing vorsichtig ein.

„Leo“, antwortete der Kriminalhauptkommissar müde, „das Leben ist keiner von deinen Thrillern. In deutschen Großstädten wimmelt es nicht von Serienkillern, und es trägt sich auch nicht jeder zweite Kurpfälzer mit Mordgedanken. Die Chancen, dass in Mannheim in einer Woche drei Leute vorsätzlich zu Tode gebracht werden, liegen in etwa bei denen eines Lottogewinns. Frau von Reichenbach“, wandte er sich dann an seine Kollegin, „dass Frau Mendelssohn mit ihrer Schwester telefoniert hat, dürfen wir getrost als normal ansehen …“

„… und auf der Palliativstation liegt ihr todkranker Großvater“, mischte sich Lessing ein.

Neumann warf ihm vom Bett aus einen ungnädigen Blick zu, nickte aber und übernahm wieder den Gesprächsfaden: „Was aber wollte unsere Ermordete von dem Archivar und dem Anwalt?“

„Keine Ahnung“, gab von Reichenbach zu.

„Gut“, sagte Lessing munter. „Ich kümmere mich um diesen Rechtsanwalt. Der zweite Kontakt, der tote Archivar, ist Ihr Bier, einverstanden, Frau von Reichenbach?“

Ehe die Kommissarin eine Chance hatte, Lessings Rolle in der Ermittlung zu hinterfragen, knurrte Neumann vom Bett her: „So wird’s gemacht. Morgen früh um halb zehn Frühstückskartell hier bei mir. Leo, du bringst Croissants und ordentlichen Kaffee. Frau von Reichenbach, Sie schaffen mir einen internetfähigen Laptop hierher. Und jetzt raus hier, alle beide. Ich muss mich ausruhen. Außerdem hat sich Dorothea in einer Stunde angekündigt.“

Während Kommissarin von Reichenbach irritiert dreinschaute, musste Leo Lessing breit grinsen. So gefiel ihm Anton schon viel besser. Kein Gedanke daran, sich von der jungen, aufstrebenden Kollegin die Butter vom Brot nehmen zu lassen und die Untersuchung in ihre Hände zu legen – vielmehr spielte er vom Krankenbett aus den kriminalistischen Feldherrn.

Judith von Reichenbach aber ließ sich so leicht nicht abspeisen. „Darf ich nachfragen, wie genau Herrn Lessings Rolle in dieser …“

Ein böser Blick Neumanns ließ sie verstummen. Resigniert zuckte sie die Achseln und trollte sich. Lessing folgte ihr auf dem Fuße.

Nach dem Weggang der beiden dauerte es keine fünf Minuten, bis die Nachwehen der Operation ihre Wirkung taten und Neumann eingeschlafen war. Im Traum hetzte er stundenlang einen dicken Mann im Hawaiihemd durch unterirdische Tunnel. Als der fette Kerl sich umdrehte und eine Pistole auf den Kriminalhauptkommissar richtete, hatte er Dorotheas Gesicht.

Zwei Stunden später saß Leo Lessing im *Hemmlein*, einer gutbürgerlichen Mannheimer Gastronomie-Institution, einem alten Bekannten gegenüber, und beide hatten ein riesiges paniertes Schweineschnitzel mit duftenden Bratkartoffeln und ein Eichbaum-Pils vor sich stehen. Kennengelernt hatte der Deutschlehrer Paul C. Rogge, seines Zeichens Lokalredakteur beim Mannheimer Morgen, eher zufällig bei einem mittlerweile fast zwei Jahrzehnte zurückliegenden Besuch in der inzwischen bedauerlicherweise nicht mehr existenten Mannheimer Krimibuchhandlung „Tatort". Bei einem samstagvormittäglichen Gespräch hatten er und der einige Jahre jüngere Journalist entdeckt, dass sie beide Thriller von „Thriller-Gott" Harlan Coben schätzten und Häkelkrimis verabscheuten, und daraus hatte sich über die Jahre eine Art literarische Männerfreundschaft entwickelt.

Es war brechend voll in der archetypischen Mannheimer Wirtschaft, die seit über vier Jahrzehnten als Familienbetrieb geführt wurde. Das Ambiente ließ einen glauben, man sei in einem Zeitreiseexperiment gelandet und aus Versehen in die Siebziger geraten, aber den Speisenden – zu neunundneunzig Prozent Stammgäste wie Lessing und Rogge – war das egal, denn das Essen war hervorragend und unschlagbar preiswert, die Portionen waren groß, und das Lokal war definitiv einer der Orte, an denen das Herz der Quadratestadt schlug.

Rogge schob einen ziemlich zerlesenen Band aus Jeffery Deavers Lincoln-Rhyme-Reihe über das betagte altrosa Tischtuch mit dem weißen Damast-Mitteldeckchen zu Lessing zurück und sagte: „Danke fürs Ausleihen, Leo."

Der dicke Germanist nickte und nuschelte um einen Mund voller Salat herum eine Höflichkeitsfloskel.

„Aber du hast gesagt, ich könnte etwas für dich tun", fuhr Rogge fort. „Also schieß schon los, was brauchst du?"

Lessing würgte den Salat hinunter und antwortete: „Ich möchte deine umfassenden Kenntnisse über die Mannheimer Hautevolee melken, Paul."

Rogge nickte. Er saß in der Lokalredaktion ziemlich fest im Sattel, weil er in Mannheim Gott und die Welt kannte, aber er wusste auch sehr genau, dass er es weiter als bis zum einfachen Redakteur nie bringen würde – dazu hatte er in einigen Artikeln ein paar Leuten in Schlüsselpositionen zu sehr auf die Zehen getreten, und dazu war er auch einfach nicht …. moralisch biegsam genug.

„Klar, für dich immer gern. Um wen geht es?"

„Sagt dir der Name Magnus von Bahrenfeld etwas?"

„Klar, den kennt ja nun wirklich jeder in Mannheim", nickte Rogge. Dann begann er, Informationen abzuspulen, als läse er aus einer Datenbank ab: „Von Bahrenfeld ist Rechtsanwalt. 1973 geboren. Studium der Rechtswissenschaften hier an der Universität Mannheim. Verbindungsstudent. Schlagend und farbentragend. Promotion mit 28 am Lehrstuhl für Strafrecht, Strafprozessrecht, ausländisches und internationales Strafrecht. Seit 2002 Rechtsanwalt mit dem Schwerpunkt Wirtschafts- und Steuerstrafrecht, Fachanwalt für Strafrecht und Steuerrecht. Gilt als machtbesessen und politisch eher rechts. Frau und zwei Kinder. Wagnerianer. Große Nummer im Verein der Freunde und Förderer des Nationaltheaters. Gibt dort und für allerlei wohltätige Zwecke einen Haufen Geld aus – hat aber auch jede Menge davon. Seine Kanzlei, die übrigens in der vierten Generation in Familienbesitz ist, liegt in der Oststadt, Werderstraße, aber von Bahrenfeld lebt im Gorxheimer Tal in einer Villa."

Bei einem der letzten Sätze war Lessing hellhörig geworden. „Kanzlei in der vierten Generation in Familienbesitz, sagst du?"

Paul C. Rogge nickte.

„Na toll“, knurrte der Deutschlehrer. „Ich liebe diese Juristenfamilien, die auf eine ungebrochene berufliche Laufbahn auch in Deutschlands brauner Phase zurückblicken können. Ich sage nur Filbinger.“ Er zögerte, fragte aber dann doch: „Weißt du da etwas Näheres?“

„Ich nicht, tut mir leid. Aber ich habe einen Bekannten – na ja, eigentlich eher einen Kollegen. Er hat früher im Frankfurter Büro des SPIEGEL gearbeitet. Ist gerade für ein paar Jahre ausgestiegen, weil er an einem Sachbuch über die Neue Rechte in Deutschland und ihre Verflechtungen mit Justiz- und Verfassungsschutzorganen recherchiert.“

„Wie heißt der Mann?“

„Markus Buchholz. Kennst du ihn?“

„Nie gehört. Würdest du mal für mich wegen dieses von Bahrenfeld bei ihm nachfragen?“

„Klar, einen Moment.“

Rogge zückte sein Mobiltelefon und wählte Buchholz’ Nummer. Nach dem zweiten Klingeln meldete sich eine Frauenstimme mit ausländischem Akzent: „Ja bitte?“

„Hier ist Paul Rogge. Ich bin ein Kollege von Herrn Buchholz. Ist er zu sprechen?“

Am anderen Ende der Leitung war ein geflüsterter Austausch von Worten zu hören, wenn auch nicht zu verstehen, dann sagte eine andere Stimme:

„Buchholz hier. Tut mir leid, wenn Carmen abweisend war, Herr Kollege, aber seit ich an dem Buch sitze, rufen hier zu allen möglichen Tag- und Nachtzeiten die schrägsten Typen an. Was kann ich für Sie tun?“

„Sagt Ihnen der Name Magnus von Bahrenfeld etwas?“, fragte Rogge unverblümt.

„Keine Ahnung, wie Sie ausgerechnet auf den kommen, aber ja, der sagt mir in der Tat etwas“, entgegnete der Mann, der gerade seine zweite Karriere als Sachbuchautor vorbereitete, reserviert.

„Ich sitze gerade mit einem guten Freund zusammen, der befürchtet, dass der Herr Anwalt hier in Mannheim in ein paar ganz krumme Sachen verstrickt ist“, klärte ihn Rogge auf. „Hätten Sie vielleicht Zeit und Lust, diesen Freund kennenzulernen und ihn mit ein paar Informationen zu versorgen, die über das hinausgehen, was jeder über den Herrn Doktor weiß?“

„Wenn ich eine Chance bekomme, diesem widerwärtigen Fascho eins auszuwischen, fahre ich fast überall hin – und Mannheim ist ja nun wirklich nicht aus der Welt“, sagte Buchholz schon wesentlich zugänglicher. Rogge reichte Lessing kurzerhand das Handy.

„Guten Abend, Herr Buchholz“, sagte der mit seiner besten Brummbassstimme. „Mein Name ist Leo Lessing, ich … bin hier in Mannheim an einer üblen Sache dran und müsste dafür mehr über diesen Rechtsanwalt von Bahrenfeld wissen. Können wir uns treffen?“

„Klar, warum nicht? An welchen Zeitrahmen hatten Sie denn gedacht?“, wollte Buchholz wissen.

„Am besten so schnell es irgend geht.“

„Kein Problem“, erwiderte der Journalist am anderen Ende der Leitung gut aufgelegt. „Wie wäre es morgen zum Frühstück?“

„Sehr gern. Kennen Sie zufällig das *Kaffee Kult*?“

„Wenn es eine Internetpräsenz hat, finde ich die Adresse. Wenn ich die Adresse habe, bringt mich mein Navi hin. Das ist ganz einfach“, sagte Buchholz. „Sagen wir zehn Uhr?“

„Das passt mir gut“, nickte Lessing.

„Ich werde da sein. Einen schönen Abend noch bis dahin. Grüßen Sie mir Rogge nochmal. Ach, und Herr Lessing?“

„Ja?“

„Passen Sie gut auf sich auf. Magnus von Bahrenfeld ist ein böser Mensch. Im ganz ursprünglichen Sinne des Wortes.“

Mit dieser Warnung unterbrach Markus Buchholz die Verbindung.

In der Nacht quälte Leo Lessing ein Traum, in dem er endlos lange Schlangen zu Deportierender vor dem Mannheimer Hauptbahnhof stehen sah. Männer in SS-Uniformen schikanierten sie.

Lessing war auch dabei. Aber er war keiner der Uniformierten.

Eine Stunde vor dem Weckerklingeln erwachte Leo Lessing schweißgebadet. Wie immer, wenn er weniger als sechs Stunden geschlafen hatte, fühlte er sich vollkommen zerschlagen. Er zog die Decke ans Kinn und resümierte den Fall:

Drei Tote – ein Wagnertenor, eine jüdische Bühnenarbeiterin und ein, soweit er bisher wusste, unbescholtener städtischer Beamter. Wenn dieser Timmermann besser getroffen hätte, wäre Anton der vierte geworden. Aber nichts wollte zusammenpassen – außer dass dieser Anwalt bei alldem eine Schlüsselrolle zu spielen schien.

Lessing schlurfte in die Küche, füllte sechs gehäufte Löffel Kaffepulver in seinen altmodischen Melitta-Keramik-Filter und braute sich einen extra starken Kaffee, um dem Tag gewachsen zu sein. Schon bei der ersten Tasse bekam er Magenschmerzen.

Der Mann, der sich Punkt zehn zu Leo Lessing an den Tisch setzte, sah ziemlich genau so aus, wie er sich Herrn Buchholz vorgestellt hatte: schmal, nicht sehr groß, ergrautes, kurzes Haar, Bartstoppeln, runde Brille, Ohrring, schwarzer Anzug, darunter ein graues Jackett, unterm Arm eine abgeschabte, dunkelbraune Lederaktentasche, wie Lessing selbst eine besaß.

„Magnus von Bahrenfeld also“, begann er, nachdem sie beide den ersten Kaffee bestellt hatten, ziemlich ohne Vorrede. Er entnahm seiner Aktenmappe ein Bild und legte es vor Lessing hin. Es zeigte einen bebrillten, arrogant dreinblickenden Mann, der Anfang vierzig sein mochte und genau so aussah, wie sich der Deutschlehrer immer die Grauen Herren aus Michael Endes *Momo* vorgestellt hatte.

„Sein Vater, der namhafte Wirtschaftsjurist Christian von Bahrenfeld, hat die Kanzlei seit den späten Sechzigern geführt, und zwar bis ins wirklich hohe Alter. Interessanter ist aber der Großvater des guten Doktors, wohlgemerkt der Großvater mütterlicherseits – daher auch der Namenswechsel der Kanzlei. Sah sicher nach dem Krieg auch besser aus. Im Dritten Reich führte nämlich Dr. Hartmann von Geßler die Kanzlei, bis er Vizepräsident des Amtsgerichtes Mannheim wurde. Ein strammer Nazi, ein Kriegsgewinnler par excellence und zweifelsohne so etwas wie das politische Vorbild seines Enkels.“

„Was meinen Sie damit?“, fragte Lessing, schlagartig hellhörig geworden.

„Nun“, lächelte der Ex-SPIEGEL-Mann, „wenn meine Recherchen nicht vollkommen danebenliegen, wovon allerdings nicht auszugehen ist, dann gehört Magnus von Bahrenfeld an prominenter Stelle einer außerordentlich obskuren Gruppierung an.“ Er sah kurz über den Tisch, um sicherzugehen, dass er die volle Aufmerksamkeit seines Gegenübers hatte. Dann ließ er die Bombe platzen. „Wissen Sie, was die Reichsbürger sind?“

„Nie gehört“, gestand Lessing.

„Dann hören Sie mal ganz genau zu.“

Des Ungeists Advokat

Kaffee Kult
Seckenheimer Straße 34
Mannheim
Dienstag, 3. 4. 2012
10.22 Uhr

„Die sogenannten Reichsbürger“, führte Buchholz aus, „sind eine dezentral organisierte, sektenartige Gruppe von Neonazis. Die ersten Zellen dieser Gruppierung haben sich bereits in den 80er Jahren gegründet, während wir noch Nena und Trio toll fanden. Sie vertreten eine antisemitische, revisionistische und im Kern eben neonazistische Weltanschauung.“

„Nie davon gehört …“, gab Leo Lessing äußerst missmutig zu. Er hatte sich eigentlich für politisch ziemlich bewandert gehalten, gerade was die Gefahr von Rechtsaußen anging.

„Das ist denen auch ganz recht so. Der vermutlich bekannteste Reichsbürger ist der ehemalige RAF-Terrorist und heutige Rechtsextremist Horst Mahler – ein Anwalt wie Ihr von Bahrenfeld. Die Reichsbürger sagen, das deutsche Grundgesetz sei eine ‚Fortsetzung des Krieges gegen das Reich‘ und sehen die Bundesregierung als von den westlichen Siegermächten aufgezwungenes Statut der Fremdherrschaft über das deutsche Volk.“

„Also Spinner …“, warf Lessing ein.

„Auf den ersten Blick könnte man das meinen“, stimmte Buchholz zu. „Diese Spinner, wie Sie sie nennen, behaupten entgegen der geltenden Rechtsprechung, die Bundesrepublik sei nicht der Rechtsnachfolger des Deutschen Reiches der NS-Diktatur. Ihrer Meinung nach ist die Bundesrepublik völker- und verfassungsrechtlich illegal und damit im Grunde gar nicht existent. Ergo sind für die Reichsbürger alle Institutionen und Gesetze der Bundesregierung falsch und illegitim."

„Na super …"

„Aber damit nicht genug", fuhr der Journalist fort. „Durch die offensive Leugnung des Holocausts wollen die Reichsbürger nach eigener Aussage eine Prozesswelle in Gang setzen, um damit öffentlichkeitswirksam für ihre neonazistischen Ansichten eintreten zu können. In den Gerichtsverfahren versuchen die Beschuldigten meist, mit pseudowissenschaftlichen Expertisen und kühnen Verschwörungstheorien den Holocaust zu leugnen und eine Fremdregiertheit der Bundesrepublik zu beweisen. Was für groteske Formen die Aktivitäten der Reichsbürgerbewegung annehmen können, zeigt sich bei diesen Gerichtsverhandlungen. So haben zum Beispiel bekennende Reichsbürger beim Prozess gegen den Holocaustleugner Ernst Zündel wegen Volksverhetzung am Landgericht hier in Mannheim 2008 selbst hergestellte Münzen ihres ‚Neuen Deutschen Reiches' an Zuschauer und Journalisten verteilt. Andere Reichsbürger stellen sich selbst Reisepässe und Führerscheine ihres Phantasiestaates aus oder ernennen sich selbst zu Ministern ihrer ‚Reichsregierung'. In Berlin hat unlängst ein Reichsbürger auf offener Straße Anteilscheine verkauft, um später die Presslufthämmer finanzieren zu können, mit denen das Holocaustmahnmal abgerissen werden soll."

Lessing schüttelte den Kopf. „Das ist doch total wirr … das klingt wie die braune Variante von Rio Reisers *König von Deutschland*."

„Stimmt auffallend." Buchholz schlürfte genüsslich seinen Kaffee und sah den Germanisten lange an. „Die Reichsbürgerbewegung hat in der deutschen Neonaziszene eigentlich auch kaum Macht und Einfluss. Die meisten Rechtsextremisten verspotten die Anstrengungen der Gruppe und halten ihre Form der provokanten Leugnung des Holocausts für zwecklos." Er machte eine Pause. „Es gibt aber andere, neuere Strömungen innerhalb der Reichsbürger, die mich bedenklich stimmen – und nicht nur mich."

Der Journalist zögerte, nahm seine runde Brille ab und spielte damit.

„Es ist immer wieder von einem Tag X die Rede. Die planen etwas Großes, verstehen Sie? Und in diesem Zusammenhang fällt auch immer häufiger der Name Magnus von Bahrenfeld … Wir glauben, dass der sich für irgendeine Schlüsselposition nach Tag X in Stellung bringt."

„Gibt er denn irgendetwas in dieser Hinsicht von sich?" Leo Lessing hielt es kaum noch auf seinem Sitz.

„Na ja … erinnern Sie sich an Anders Breivik?"

„Den gefährlichen Irren, der letzten Sommer all die Jugendlichen in Norwegen getötet hat?"

„Genau den. Letzten Sonntag ist in den entsprechenden Kanälen im Netz ein Text über seine Taten aufgetaucht. Er wird darin als Märtyrer der reichsbürgerlichen Idee gefeiert, als Templer eines weißen, rassen- und gedankenreinen Europas. Und dann fordert der Text ziemlich unverhohlen, auch in den anderen Staaten des ‚weißen Kontinents' müssten solche Zeichen, solche Fanale gesetzt werden. Keine Verfasserangabe – aber die Quellen, mit denen ich gesprochen habe, sind sich ziemlich sicher, dass der Text entweder von Magnus von Bahrenfeld oder aus seinem direkten Umfeld stammt."

„Gibt es eine Chance, ihm das nachzuweisen?", fragte Lessing.

Als Markus Buchholz ihn nur lange ansah, kannte der dicke Germanist die Antwort. Nach einer Weile sagte sein Gegenüber: „Es gibt hier in der Stadt einen freien Journalisten, der sich mit Herrn von Bahrenfeld näher befasst hat, Daniel Seidenmann. Er ist sehr interessiert an den Umtrieben des Herrn Doktor. Als er dem feinen Advokaten zu nahe gekommen ist, bekam er einen Brief einer Reichsbürger-Untergruppe, die sich ‚Neue Gemeinschaft von Philosophen' nennt. In diesem rassistischen Drohbrief forderte man ihn als ‚raum-, wesens- und kulturfremden Ausländer' auf, die Bundesrepublik bis Anfang August zu verlassen. Nach Ablauf dieser Frist drohe bei Nicht-Befolgung die Erschießung."

Lessing trank wortlos seinen Kaffee aus und erhob sich.

„Was ist denn nun los?", fragte Buchholz irritiert.

„Ich muss weg, dringend etwas erledigen", antwortete Lessing mit tiefer, unheilschwangerer Stimme.

„Was denn?"

„Ich lasse mir einen Termin geben. Beim Anwalt."

Als Franz Timmermann aus seiner Ohnmacht erwachte, bestand seine gesamte Welt nur aus Schmerz. Er erinnerte sich … dieser Nils hatte ihn wie verabredet am Treffpunkt beim alten Eisstadion abgeholt, aber statt ihn in eine sichere Unterkunft zu bringen, hatte er ihn in eine alte Lagerhalle am Hafen gekarrt, ihn dort an einen von der Decke hängenden Kettenzug gehängt und völlig kommentarlos wieder und wieder geschlagen, bis er das Bewusstsein verloren hatte.

Jetzt öffnete Timmermann vorsichtig das rechte, nicht völlig zugeschwollene Auge und linste um sich.

„Er ist bei Bewusstsein, Herr Graf", hörte er die Stimme des Bomberjackenmonsters sagen.

„Ich sagte doch, er erlangt es gleich wieder", hörte Timmermann die glatte, selbstzufriedene Stimme Magnus von Bahrenfelds sagen.

Der Anwalt trat in Timmermanns Gesichtsfeld. Er war wie immer makellos gekleidet, ein grauer Dreiteiler mit leichtem Übergangsmantel; allerdings hatte er zur Überraschung des Bühnenarbeiters eine noch ungeöffnete Flasche billigen Wodkas in der rechten Hand.

„Willkommen zurück im Reich der Lebenden, Herr Timmermann", begrüßte er seinen Gefangenen. „Ich habe Sorgen, und das liegt an Ihnen." Bei diesen Worten blieb seine Stimme völlig ausdruckslos. „Sie haben bisher auf ganzer Linie versagt. Im Suff …", er schwenkte die Wodka-Flasche, „haben Sie dieser Zecke von Wittich unser kleines Geheimnis erzählt. Daraufhin versuchte der, seine Schulden in den Griff zu kriegen, indem er mich erpresste, und ich musste ihn aus dem Weg räumen – gut, dabei haben Sie tatkräftig mitgeholfen, das spricht für Sie. Aber kaum sieht wieder alles nach heiler Welt aus, kaum darf ich wieder davon ausgehen, dass meine Pläne Früchte tragen, lassen Sie sich von einem Polizisten, einem fetten Lehrer und einer Lesbe im Stollen erwischen. Was um alles in der Welt soll ich nur mit Ihnen machen, Timmermann?"

Vor Franz Timmermanns geistigem Augen begann in Sekundenschnelle sein ganzes bisheriges verkorkstes Leben vorbeizuziehen. Magnus von Bahrenfeld warf die Wodka-Flasche schwungvoll gegen die Wand des Lagerhauses, wo sie in tausend Scherben zersprang. Seine Stimme wurde noch leiser, als er seine nächsten Sätze sprach.

„Nils – im Wagen habe ich noch zwei, drei Flaschen von dieser Sorte. Veranstalte doch einen kleinen Umtrunk mit unserem Freund Timmermann. Er trinkt, du passt auf, dass er nicht zu viel verschüttet. Wenn er nicht mehr stehen kann, wirf ihn ins Hafenbecken. Ob er ersäuft oder von einer Schiffsschraube in handliche Timmermann-Schnitzelchen zerteilt wird, ist mir letztlich egal."

Er trat zu Timmermann, der klagend winselte, kniff ihm in die feiste Wange und raunte: „Immer noch besser als an Leberzirrhose krepieren, was, Timmermann? Ja, ja, die Gefahren des Alkohols …"

Franz Timmermann schloss die Augen und wünschte sich ganz, ganz weit weg.

Die Frau am anderen Ende der Telefonleitung war ganz professionelle Höflichkeit: „Kanzlei von Bahrenfeld und Partner, Sie sprechen mit Sabine Ungerer. Was kann ich für Sie tun?"

„Lessing", meldet sich Leo Lessing, „wie der Dichter der Aufklärung. Leo Lessing. Ich hätte gern Herrn Dr. von Bahrenfeld gesprochen."

„In welcher Angelegenheit?"

„In einer privaten", knurrte Lessing.

„Herr von Bahrenfeld ist derzeit außer Haus. Kann ich etwas ausrichten, oder möchten Sie später wieder anrufen?"

„Wann ist Herr von Bahrenfeld denn voraussichtlich wieder im Haus?" Lessing hatte Mühe, einen höflichen Tonfall beizubehalten.

„Nach der Tischzeit – ich denke, gegen vierzehn Uhr dürften Sie Glück haben."

„Danke." Lessing knallte das Mobilteil seines Gigasets in die Ladestation. Er hatte die Hand noch nicht richtig zurückgezogen, da klingelte es erneut.

Er stellte die Verbindung her. „Lessing?"

„Guten Tag, Herr Lessing. Wie gut, dass ich Sie erreiche. Hier ist Charly – Charlotte Mendelssohn. Sie haben doch gesagt, ich kann Sie jederzeit anrufen, wenn ich Hilfe brauche …"

Lessings Tonfall änderte sich schlagartig. „Klar, Frau Mendelssohn."

„Charly."

„Also gut, Charly. Dann bin ich aber auch Leo, okay?"

„Okay."

„Was gibt es denn?"

„Na ja … heute ist Post gekommen. Ein Paket. Mit DHL zugestellt." Es entstand eine der typischen Charly-Pausen. „Na ja … es ist für Ira. Und wo sie doch jetzt tot ist, weiß ich gar nicht so recht, was ich damit machen soll …"

„Was ist denn so Besonderes an dem Paket?"

„Es kommt vom Stadtarchiv Mannheim", hörte er Charlotte Mendelssohn sagen. Ich habe keinen Schimmer, was meine Schwester mit dem Stadtarchiv zu schaffen hat … hatte."

Lessing war wie elektrisiert. Er spürte, wie seine sämtlichen Sinne auf Alarmbereitschaft schalteten. Die ganze Zeit hatte er über eine Verbindung zwischen Ira Mendelssohn, dem toten Archivar und diesem rechten Wichser von Bahrenfeld nachgedacht. Dieses Paket konnte unter Umständen so wertvoll sein wie sechs Richtige im Lotto.

„Aber angenommen haben Sie's schon?"

„Ja klar."

„Steht ein Absender drauf? Ich meine, ein namentlicher?"

„Ja, aber den habe ich mir nicht gemerkt … warten Sie."

Lessing hörte sie in dem kleinen Häuschen in Straßenheim herumtappen. Dann ertönte wieder ihre Stimme aus dem Hörer: „Da steht's ja. Der Absender ist ein Dr. Klaus Dieter Krohns."

„Warten Sie noch einen Augenblick mit dem Aufmachen, bitte, Charly. Ich komme zu Ihnen."

Eine knappe Stunde später wussten sie mehr. Ira hatte, wie aus der dem Paket beiliegenden Rechnung hervorging, Klaus Dieter Krohns drei Monate zuvor mit einer ausführlichen privaten Recherche zum Thema „alte Gangsysteme unter Mannheim, speziell unter der Innenstadt" beauftragt. Natürlich waren Lessing sofort die Worte Steffi Hungers wieder eingefallen, als sie sich unter dem Nationaltheater umgesehen hatten:

Obwohl ich mich erinnere, irgendwann gelesen zu haben, dass Mannheim in früheren Zeiten quasi unterkellert war mit einem ganzen Netzwerk von Stollen und Gängen. Als der Mannheimer Gemeinderat 1890 dem Frankfurter Stadtbaurat William Heerlein Lindley die Gesamtleitung eines neuen städtischen Kanalnetzbaus in der Innenstadt übertrug, wurden viele dieser alten Stollen mit einbezogen, heißt es.

Neben der Rechnung entnahmen er und Charlotte Mendelssohn dem voluminösen Paket eine alte Karte – natürlich in Kopie –, die genau dieses Netzwerk zeigte. Sie stammte laut der Datierung am unteren rechten Rand aus dem 18. Jahrhundert. Zahlreiche Einstiegspunkte waren verzeichnet; einer lag offenbar in unmittelbarer Nähe des damals noch nicht einmal als Tennisplatz genutzten heutigen Goetheplatzes, auf dem sich seit 1957 das Neue Mannheimer Nationaltheater erhob. Andere lagen in der Nähe der Paradeplatzes, des Schlosses, der Jesuitenkirche, der Sternwarte und sogar inmitten der Lauer'schen Gärten, um nur einige markante Punkte zu nennen, die Lessing sofort ins Auge sprangen.

Und da war noch ein auffälliger Zugangspunkt: Hätte man heute nach ihm gesucht, hätte man den Schillerplatz umgraben müssen.

Auf dem im Zweiten Weltkrieg das Nationaltheater gestanden hatte.

Unter vier Augen

Kanzlei von Bahrenfeld und Partner
Werderstraße
Mannheim
Dienstag, 3. 4. 2012
14.02 Uhr

Die Frau, die Leo Lessing am Telefon so professionell und zugleich kühl abgewimmelt hatte, sah aus, als hätte Catherine Deneuve eine Tochter mit Ralph Fiennes gezeugt. Das Betreten der Kanzlei in der Werderstraße unter dem Vorwand, von einem Paketdienst zu kommen, war kein Problem gewesen; dann war Leo einfach an den Anmeldetresen im Vorzimmer getreten, auf dem ein altmodisches Namensschild dessen atemberaubend aussehende Benutzerin als „S. Ungerer“ identifizierte.

„Guten Tag. Mein Name ist Leo Lessing. Sie sagten vorhin am Telefon, Herr von Bahrenfeld werde um vierzehn Uhr wieder im Haus sein. Nun, hier bin ich – ich muss ihn in einer dringenden Angelegenheit sprechen.“

Sie sah nur flüchtig von der Tastatur ihres ultramodernen Apples auf. „Herr Doktor von Bahrenfeld ist zwar da, aber er befindet sich in einer Besprechung.“

„Dann warte ich.“ Lessing machte Anstalten, auf der antikbraunen Chesterfield-Ledergarnitur Platz zu nehmen.

„Das kann sich den Rest des Tages hinziehen, Herr …“ Die Empfangsdame tat, als habe sie seinen Namen schon wieder vergessen.

„Lessing.“

„Herr Lessing, ja. Soll ich mal in Herrn von Bahrenfelds Terminkalender schauen? Ich bin sicher, wir finden noch einen freien Slot für Sie … auch wenn dieser Monat schon ganz schön vollgestopft ist …“

Sie schickte sich an, den elektronischen Terminkalender ihres Chefs auf den Bildschirm zu holen, aber Lessing legte die Hand auf die Maus. Neben ihren perfekt manikürten Händen wirkte seine Rechte mit dem Siegelring mit dem gravierten „LL“ wie eine Pranke.

„Das wird nicht nötig sein. Ich habe Kenntnis von einigen Dingen erhalten, von denen ich sicher bin, dass Ihr Chef sie sofort mit mir erörtern wollen wird.“

Es sah aus, als wäge Frau Ungerer ab, ob sie die Polizei rufen oder schreien sollte. Lessing beugte sich vor und brachte sein riesiges, rundes Gesicht ganz dicht vor ihres.

„Deshalb schlage ich vor, Sie kontaktieren ihn jetzt …“, er deutete mit einer herrischen Geste auf die Telefonanlage auf ihrem Tisch, „… und sagen ihm, Leo Lessing ist hier, um mit ihm über das Ableben von Hendryk Wittich, Ira Mendelssohn und Dr. Klaus Dieter Krohns zu sprechen. Ich bin sicher, er wird dann einen Weg finden, die Besprechung abzukürzen.“

„Ich könnte auch einfach die Polizei rufen und sie wegen Hausfriedensbruchs festnehmen lassen“, sagte die Empfangsdame ruhig.

Lessing sah sie nur an. Sekunden, die ihm wie eine Ewigkeit vorkamen, vergingen. Dann nahm sie den Hörer ab und drückte die 1.

„Herr Doktor von Bahrenfeld, ich bedaure die Störung, aber hier ist ein Mann, der sich für die Personifizierung des Begriffs ‚wichtig‘ hält. Er sagt, er heißt Leo Lessing und will mit Ihnen über drei Leute sprechen, die gestorben sind …“

„Hendryk Wittich, Ira Mendelssohn und Dr. Klaus Dieter Krohns“, soufflierte Lessing. Die Empfangsdame wiederholte die Namen und sah ihn dabei an wie ein Insekt, das unter einem aus Versehen umgedrehten Stein hervorgekrochen war. Dann hörte sie für einige Sekunden zu und nickte schließlich. Mit einem vollkommen überforderten Gesichtsausdruck legte sie den Hörer wieder auf.

„Sie können reingehen.“

Das Büro Magnus von Bahrenfelds war ein riesiger Raum, dessen eine Wand sich als Fensterfront zur Christuskirche hin öffnete. Die drei anderen inklusive der, in der die Tür lag, durch die Leo Lessing eintrat, waren mit dunklen, maßgefertigten Regalen voller Bücher bedeckt, vom Boden bis zur Decke.

Magnus von Bahrenfeld saß mit dem Rücken zur erwähnten Fensterfront an einem gigantischen Schreibtisch, auf dem neben dem Gegenstück zu Frau Ungerers Telefonanlage nur ein weißes Apple-Notebook lag. Er trug einen anthrazitgrauen Dreiteiler, ein blütenweißes Hemd mit Manschettenknöpfen und eine blutrote Krawatte mit einem komplizierten Knoten, den Leo niemals hinbekommen hätte.

Sein graues Haar war aus der Stirn gegelt, hinter den Gläsern der randlosen Brille blitzten graugrüne Augen voll kühler Eleganz. Er sah Leo Lessing neugierig entgegen und erhob sich, als der die Tür hinter sich schloss.

„Herr Lessing. Guten Tag – nehmen Sie doch bitte Platz. Was kann ich für Sie tun?“

Ächzend ließ sich Lessing in einen der beiden ausgesprochen bequemen Ledersessel für Besucher fallen, musterte sein vollkommen beherrscht und entspannt wirkendes Gegenüber kurz und sagte dann: „Ich kann es kurz machen. In Mannheim hat es in den letzten Tagen drei Fälle gewaltsamen Todes gegeben – und ich halte sie in allen drei Fällen für den Täter."

„Kein schöner Vorwurf", entgegnete von Bahrenfeld und legte die Fingerspitzen seiner sorgfältig manikürten Hände vor dem Mund zu einem Zelt zusammen. „Wie kommen Sie darauf?"

„Oh", sagte Lessing, „damit wir einander nicht missverstehen – ich bin recht sicher, dass Sie sich nicht selbst die Hände schmutzig gemacht haben … Leute wie Sie haben ja ihre Typen fürs Grobe …"

„Sie sind wirklich mein Traum vom Glück, Herr Lessing", unterbrach von Bahrenfeld seinen Redefluss mit süffisantem Lächeln. Er erhob sich voller Anmut, umrundete Schreibtisch und Besucherstühle und lehnte sich an die Tür. Dann fuhr er fort: „Da sitzt man in seinem Büro und ahnt nichts Böses, und dann kommt ein Mann herein, den man nicht einmal kennt, und beschimpft einen aufs Übelste."

Lessing sagte nichts. Er war vollauf damit beschäftigt, sich unangenehm den Hals zu verrenken, um den in seinem Rücken stehenden von Bahrenfeld anzusehen.

„Aber ich sage Ihnen etwas", sprach der weiter. „Böses ist mir in meiner Position als Anwalt und zumal als Strafverteidiger nicht fremd. Deshalb bin ich bereit, über Ihre Anwürfe mit Ihnen zu sprechen. Ich werde ihre Fragen beantworten. Ich bitte Sie aber, mich als Rückversicherung einen Blick in ihre Aktentasche werfen zu lassen."

Lessing deutete huldvoll darauf, und von Bahrenfeld kam zurück, nahm wieder Platz und inspizierte die Aktenmappe; ihr einziger Inhalt waren Lessings Moleskine-Notizbuch und ein Füllfederhalter. Als von Bahrenfeld sie zurück auf den

Schreibtisch legte, erhellte ein Lächeln sein Gesicht. „Und nun machen Sie bitte Ihren Oberkörper frei."

„Was?"

„Sie haben mich schon richtig verstanden. Ich möchte mich vergewissern, dass Sie nicht verdrahtet sind. Wenn Sie zu dieser kleinen Vertrauensgeste nicht bereit sind, werden wir nicht ins Gespräch kommen, fürchte ich."

Lessing schnaubte empört, kam der Aufforderung aber nach. Er schälte sich unter den geduldigen Blicken des Anwalts aus Jackett und Oberhemd, zog sein Feinripp-Unterhemd hoch und stellte seinen weißen, weichen, fleischigen Torso zur Schau.

„Danke, das genügt. Sie können sich wieder anziehen", kam es von seinem Gegenüber.

Die entwürdigende Prozedur hatte Lessing ganz schön ins Schwitzen gebracht. Als er fertig war, entnahm er der Innentasche seines Jacketts das Foto von Ira Mendelssohn und warf es auf den Schreibtisch.

„Kennen Sie diese junge Frau?"

„Aber ja, das ist Ira Mendelssohn", sagte von Bahrenfeld. „Sie ist meine Klientin."

Lessing war überrascht. Er hatte gedacht, von Bahrenfeld werde jede Verbindung ableugnen, hatte gehofft, ihn mit den Handy-Verbindungsnachweisen aus der Reserve locken zu können.

„War", grunzte er.

„War?"

„Sie ist tot. Jemand hat ihr den Schädel eingeschlagen."

„Das ist sehr bedauerlich."

„Warum hat sie Sie aufgesucht?"

Von Bahrenfeld lächelte. „Ich bitte Sie. Sie wissen ganz genau, dass ich Ihnen das nicht sagen kann."

„Wussten Sie von der Krankheit ihres Großvaters?“ Ein Schuss ins Blaue, aber bei der Erwähnung des Alten flackerte etwas in von Bahrenfelds linkem Auge. Plötzlich änderte sich das gesamte Gebaren des Mannes. Er erhob sich, sprach leise, bösartig, gehässig.

„Sie haben meiner Sekretärin gegenüber außer dem Ira Mendelssohns noch zwei weitere Namen erwähnt: Hendryk Wittich und Dr. Klaus Dieter Krohns. Wir können das hier tatsächlich … kurz machen. Ja, ich hatte die Hand beim Tod dieser drei Menschen im Spiel. Nein, Sie werden es mir niemals nachweisen können. Und jetzt raus hier.“

Lessing war bestürzt. „Ich … werde gegen Sie aussagen …“

„Niemand wird Ihnen glauben“, sagte von Bahrenfeld selbstzufrieden. „Ich bin ein wertvolles Mitglied der Mannheimer Gesellschaft, das eine Jüdin, einen schwulen Erpresser und einen Verräter hat aus dem Weg schaffen lassen – und Sie sind ein kleiner Beamter. Was meinen Sie, wie das ausgehen mag?“

Lessing war sprachlos. Er starrte den Anwalt nur offenen Mundes an.

„Jetzt sehen Sie mich nicht an, als sei ich Jack the Ripper …“, spottete von Bahrenfeld.

„Ich hatte eher an Josef Goebbels gedacht“, giftete Lessing zurück. „Oder an Ihren verehrten Herrn Großvater, der ja bekanntermaßen als Vizepräsident des Amtsgerichtes Mannheim den Nazis wirklich gute Dienste geleistet hat …“

„Kein Wort über meinen Großvater“, donnerte von Bahrenfeld. „Sie wissen, was Sie wissen wollten. Nun hauen Sie schon endlich ab.“

„Sie haben drei Menschen getötet … Sie können doch nicht ernsthaft glauben, Sie könnten sich weiter inmitten der Mannheimer Gesellschaft bewegen …“

„Sie werden mir eine Beteiligung an diesen Morden niemals nachweisen können“, versetzte von Bahrenfeld mit einer Eiseskälte, die Lessing bis ins Mark traf. „Keine Beweise – keine Straftat.“ Er musterte Lessing mit seinem widerlich süffisanten Lächeln von oben bis unten. „Und jetzt raus hier.“

„Darüber ist das letzte Wort noch nicht gesprochen …“

In fast freundschaftlichem Ton erwiderte der Anwalt: „Lessing … gegen mich machen Sie keinen Stich. Ich repräsentiere eine Gruppe, die bald in ganz Deutschland sehr wichtig sein wird, und glauben Sie mir, Sie möchten uns nicht im Weg stehen. Daher ein guter Rat: Ihr Leben war leichter, als ich für Sie nur ein fremder Mann war, dessen Name Ihnen nichts sagte und dessen Taten Ihnen nichts bedeutete. Also verschwinden Sie wieder aus meinem Leben, ehe ich Ihnen am eigenen Leibe vorführe, was mit Menschen passiert, die sich mit mir anlegen. Bevor ich Sie zerquctsche.“

Wie betäubt erhob sich Leo Lessing von seinem Stuhl, nahm seine Aktenmappe vom Schreibtisch und flüchtete geradezu aus von Bahrenfelds Arbeitszimmer. Der wartete noch ein paar Atemzüge, nachdem die Tür hinter dem Germanisten ins Schloss gefallen war, dann lehnte er sich in seinem Sessel zurück und wählte eine Nummer auf seiner Telefonanlage. Es war die Nummer des Polizeipräsidenten.

„Julius?“, sagte von Bahrenfeld, als der abnahm. „Du, hier ist Magnus. Ich hatte hier gerade eben einen Typen in der Kanzlei, der behauptet, quasi freiberuflich für euch zu ermitteln. Er hat was von einem Fall Mendelssohn erzählt.“ Von Bahrenfeld stellte seine Telefonanlage auf Lautsprecher und verschränkte die Hände im Nacken. „Leo Lessing heißt er. Es wäre toll, wenn du mal prüfen könntest, in wessen Zuständigkeit bei euch der Mann fällt … und es wäre schön, wenn er mich nicht mehr belästigen würde. Danke dir, du hast was gut bei mir! Auf Wiederhören.“ Mit einem selbstzufriedenen Lächeln unterbrach er die Verbindung.

Bis das Telefon auf Kommissarin Judith von Reichenbachs Schreibtisch klingelte, vergingen keine zehn Minuten. Es war der stellvertretende Polizeipräsident Julius Fuchs.

„Frau von Reichenbach“, tobte er ohne Vorrede los, „kennen Sie einen gewissen Leo Lessing?“

„Ja, flüchtig …“, sagte von Reichenbach vorsichtig.

„Sie haben doch diesen Dreifachmordfall von Neumann übernommen, oder?“

„Ja …“

„Na also, und auf den beruft sich dieser Lessing. Er ist gerade in der Praxis Magnus von Bahrenfelds aufgelaufen, eines der profiliertesten Strafrechtler der gesamten Rhein-Neckar-Region und noch dazu ein angesehenes Mitglied der Mannheimer Bürgergemeinde, und hat ihn behandelt, als sei er Jack the Ripper persönlich …“

Judith von Reichenbach massierte sich die Nasenwurzel. „Herr Polizeidirektor, ich rufe den Mann sofort an und stelle ihn in den Senkel. Ich sorge dafür, dass er keinen Mist mehr macht.“

„Tun Sie das – sonst sorge ich höchstpersönlich dafür, dass Sie allenfalls noch beim kommunalen Ordnungsdienst Knöllchen verteilen können, Frau Kollegin.“

Mit einem dröhnenden Knall endete die Verbindung.

Judith von Reichenbach tat das Unvermeidliche: Sie rief Lessing an und hatte sehr bald einen sehr verstörten Germanisten am Telefon, der ihr haarklein von seiner Unterhaltung mit dem rechten Anwalt berichtete.

„Verstehen Sie, der leugnet gar nichts – der lacht mir ins Gesicht und sagt: ‚Weis mir doch mal was nach, dicker Mann.‘“ Mit diesen Worten brach der Deutschlehrer frustriert ab.

„Wir kriegen den Mann, Herr Lessing – großes Indianerehrenwort. Ich telefoniere gleich im Anschluss mal mit Neumann, dann stimmen wir unsere Strategie ab. Aber eins muss klar sein: Sie sind raus aus der Nummer. Hören Sie bitte auf, sich in die Ermittlung einzumischen – ab jetzt ist das eine reine Polizeisache. Habe ich mich klar ausgedrückt?“

„Man muss dem Schwein das Handwerk legen“, antwortete Lessing dumpf.

„Herr Lessing – wir legen ihm das Handwerk. Sie genießen jetzt ihre Osterferien und gehen am Montag in einer Woche schön wieder unterrichten. Vielleicht hält der Kriminalhauptkommissar es ja für angemessen, Sie zu informieren, wenn er wieder im Dienst ist. Für den Augenblick war's das aber für Sie. Versprechen Sie mir das? Ich kriege sonst einen Riesenärger von ganz oben.“

„Klar. Versprochen“, sagte Leo Lessing tonlos und klickte Judith von Reichenbach weg.

Sein Blick schweifte aus dem Fenster in den nachmittäglichen Regen.

In seiner Hand zerknüllte er das Bild der Leiche Ira Mendelssohns im Bauschuttcontainer.

Spiegel-Fechter

Kanzlei von Bahrenfeld und Partner
Werderstraße
Mannheim
Dienstag, 3. 4. 2012
19.04 Uhr

Wenn Magnus von Bahrenfeld die Augen schloss, tanzte in dem schwarzen Nichts, das er dann sah, ein roter, flammender Ball, Manifestation des Kopfschmerzes, der sich schon den ganzen Tag durch ein verspanntes Krampfen in seinem Nacken angekündigt hatte. Nun kroch er als heimtückisches Bohren über den Hinterkopf bis hinter seine Augen. Egal – sein Tagewerk würde bald getan sein, und dann wären sie Tag X einen entscheidenden Schritt näher gekommen. Er spielte mit seinem Brieföffner, der wie ein Schwert geformt war, und ließ die letzten Tage Revue passieren. Bis vor Kurzem hatte sich ihr großer Plan träge dahingeschleppt wie ein verschlammter Fluss, war dem Ziel gemächlich und unauffällig näher gekommen. Wann hatte er sich in einen reißenden Gebirgsbach verwandelt?

Letztlich war das durch diesen halbtoten Tattergreis und seine naseweise Enkelin geschehen. Leute wie sie waren Geschwüre, die es aus dem Fleisch des deutschen Volkes auszubrennen galt. Von Bahrenfeld lächelte in sich hinein – mit ihr hatte er das ja getan, genau wie mit ihrem Helfershelfer, diesem Archivar, und den Alten würde Freund Hein ohnedies bald holen. Sein mörderischer, gewaltgeiler kleiner Handlanger hatte bei ihm zwar versagt, aber Daniel Mendelssohn war in den Augen des Anwalts eine Wunde, die die Zeit heilen würde. Kein Grund zur Sorge an dieser Front.

Auch Timmermann, dem es nun wirklich an Geschick, Dezenz und Weitsicht gefehlt hatte, war aus dem Weg. Ein wenig Sorge bereitete von Bahrenfeld tatsächlich dieser Deutschlehrer, aber von offizieller Seite hatte er dem ja nun schon einen Schuss vor den Bug verpasst – nun stand noch die zweite Hälfte der Zangenbewegung aus. Das war eine Aufgabe für Nils Meyer, seinen „Paladin“. Er grinste in sich hinein. Seit er dem Jungen diese Flausen vom auserwählten Vollstrecker im Namen des deutschen Volkes ins Ohr gesetzt hatte, hätte der jeden Auftrag für ihn ausgeführt …

Die Kopfschmerzen wurden immer schlimmer. Von Bahrenfeld griff zum Telefon.

„Nils? Hör zu … komm rüber in die Oststadt, wir müssen diesem fetten Deutschlehrersack einen optischen Denkzettel verpassen. Und dann hol die Jungs ab und fahr mit ihnen weiter ins Theater.“

Die Ohnmacht wütete wie ein in einem Bannkreis gefangener Dämon in Leo Lessing. Seit dem Gespräch mit der Kommissarin saß er in seinem cognacfarbenen Leder-Lieblingssessel in seinem Arbeitszimmer, versuchte, sich mit Jeffrey Deaver abzulenken und fühlte sich, als habe man ihm den Boden unter den Füßen weggezogen. Er durfte nicht weiter ermitteln. Was tun?

Ihm fiel ein, dass er sich ja mit Neumann besprechen konnte. Aber was, wenn ein weiterer Anruf „von ganz oben“ auch dem unmissverständlich klargemacht hatte, dass man von Bahrenfeld in Ruhe zu lassen hatte? Er erhob sich rasch entschlossen, stieg in seine handgenähten Budapester, zog einen leichten

Übergangsmantel an und schnappte sich Schlüsselbund, Handy, Portemonnaie und Tablet-PC von der Mahagonikommode im Kolonialstil.

Als er aus der Haustür trat, traf ihn beinahe der Schlag. An seinem geliebten BMW Roadster, den er wie immer in der Einfahrt geparkt hatte, zog sich auf der Beifahrerseite von vorn bis hinten über die ganze Länge des mitternachtsblauen Lacks ein breiter, hässlicher, tiefer Kratzer, der ganz ohne Zweifel Absicht war. Doch damit nicht genug: Auf der Motorhaube prangte flächendeckend ein tief eingeritztes Symbol, das Lessing sofort erkannte: Die Schwarze Sonne. Das Symbol, das seinen Lack verunzierte, bestand aus drei übereinandergelegten Hakenkreuzen. Vorlage für das Symbol war, wie Lessing wusste, seit er einmal für einen Antifaschismus-Projekttag für die Oberstufe sehr viel zum Thema gelesen hatte, ein Bodenornament in Gestalt eines Sonnenrades, das die SS im Nordturm der Wewelsburg, ihrer Ordensburg bei Paderborn, eingelassen hatte. Genauer gesagt hatte die SS Zwangsarbeiter aus dem nahegelegenen KZ Niederhagen gezwungen, diese Arbeit zu tun. Die Schwarze Sonne diente wegen des Hakenkreuzverbotes als wichtiges Ersatz- und Erkennungssymbol der rechtsextremen Szene.

Lessing stand in der langsam einsetzenden Dunkelheit des Aprilabends und zitterte vor Zorn. Das ging zu weit! Versprechen an Kommissarin von Reichenbach hin oder her, wenn der feine Herr von Bahrenfeld ihm auf diese überaus subtile Art und Weise eine Warnung zukommen ließ, dann würde er es sich nicht nehmen lassen, das persönlich zu erörtern.

Er warf sich in seinen Wagen und brauste in Richtung Kanzlei, die ja nur ein paar Ecken weiter lag. Auf den freien Platz des Beifahrers warf er Handy und Tablet. Ein paar Minuten später erreichte er die Werderstraße, doch das gesamte Gebäude, in dem der Anwalt seine Büroräume hatte, war dunkel.

Wachsender Zorn rumorte in Leo Lessing. Gepaart mit seinem Gefühl der Ohnmacht und dem Schmerz über die Verunstaltung seines geliebten Wagens führte er dazu, dass der dicke Germanist sein Tablet zur Hand nahm und eine Google-Suche startete. Was hatte Paul Rogge doch noch gleich gesagt? „Seine Kanzlei liegt in der Oststadt, aber von Bahrenfeld lebt im Gorxheimer Tal in einer Villa.“ Mit fliegenden Fingern begann Lessing, Suchbegriffe zu tippen. Nach einigen Irrläufern fiel ihm ein, dass der Journalist vielleicht viel präziser gewesen war, als er gedacht hatte: Er hatte möglicherweise nicht das Gorxheimer Tal als geographische Gegebenheit, sondern die gleichnamige Ortschaft südöstlich von Weinheim gemeint. Also auf ein Neues … da: Freiherr-vom-Stein-Straße in Gorxheimertal. Nun sollte sich der Herr Anwalt mal besser warm anziehen.

Je näher er seinem Ziel kam, desto heißer brannte der gerechte Zorn in Leo Lessing. Dennoch warnte ihn irgendwo kurz vor Weinheim ein mahnendes Stimmchen in seinem Hinterkopf, dass das, was er da vorhatte, eigentlich Wahnsinn war: Er hatte niemandem Bescheid gesagt, es war direkt gegen seine Abmachung mit Judith von Reichenbach, und der Kerl, dem er den Marsch zu blasen gedachte, hatte, wie er Lessing ganz entspannt selbst eingestanden hatte, mindestens drei Menschen auf dem Gewissen.

Über seine Freisprechanlage versuchte er, Neumann in der Klinik zu erreichen, doch nach dem ersten Klingeln schaltete sich die Mailbox ein. Lessing nahm all seinen Mut zusammen und wählte Kommissarin von Reichenbachs Nummer, aber dort war besetzt. Schließlich wählte er in seiner Not eine dritte Nummer.

Charlotte Mendelssohn kam gerade mit vollgestopften Einkaufstüten unter beiden Armen in das Häuschen in Straßenheim zurück, als das Telefon Sturm klingelte. Sie stellte die Tüten auf der Küchenanrichte ab und nahm ab.

„Charly? Hier ist Leo. Ich habe eine Bitte … Sie müssten mir quasi den Rücken decken. Ich bin auf dem Weg nach Gorxheimertal, um mich noch mal mit diesem von Bahrenfeld auseinanderzusetzen. Wenn ich mich bis Mitternacht nicht bei Ihnen gemeldet habe, war dem Typen tatsächlich jedes Mittel recht – und dann rufen Sie bitte die Polizei und sagen denen, wo ich hinwollte, okay?“ Er nannte ihr von Bahrenfelds Adresse und Judith von Reichenbachs Handynummer.

„Wird gemacht“, sagt sie, doch Lessing hatte wieder aufgelegt. Nicht zum ersten Mal in den letzten Tag fühlte sich Charlotte Mendelssohn sehr hilflos.

Als Leo Lessing die Adresse gefunden hatte, parkte er den ruinierten BMW ein Stück entfernt am Straßenrand und ging zu Fuß zur Villa des Anwalts. Diese hätte eher an den Gardasee als in den Odenwald gepasst: ein äußerlich eher rustikal wirkender Prachtbau aus rötlich-braunem Naturstein, dessen Bauweise an Trockenmauerbau erinnerte. Lessing schätzte die Villa auf sechs bis acht Zimmer. Sie lag in einem kunstvoll angelegten Alpengarten und war in den Hang gebaut, sodass die Vorderfront quasi im untersten Stockwerk eine große Garage mit Tür und Garagentor und daneben die Fensterfront eines großen Zimmers mit halbrunder Erkerwand aufwies. Zu Lessings Überraschung war das Haus dunkel.

Probehalber drückte er die Klinke des niedrigen Holzgartentores, durch das man das Gelände betreten konnte, und es schwang auf. Lessing wuchtete sein beachtliches Gewicht den Bergpfad hoch in Richtung Garage. Als er näherkam, bemerkte er, dass das Garagentor – durch das locker zwei PKW nebeneinander gepasst hätten – zweifellos eine Sonderanfertigung war, zierte es doch ein aufrecht auf der Spitze stehendes Schwert – ein Symbol, das Lessing auch im Logo der Kanzlei gesehen hatte. Lessings erster Gedanke war gewesen, trotz der im Haus herrschenden Dunkelheit zu klingeln, doch dann drückte er gegen die schwere Stahltür neben dem Doppelgaragentor – und sie öffnete sich. Er trat ein.

Von Bahrenfeld schien zu Hause zu sein, denn beide Stellplätze in der Garage waren besetzt – der rechte von einem dunklen BMW und der linke, neben dem er die geräumige Doppelgarage, die außerdem noch ein Regal mit allerlei Sportutensilien enthielt, betreten hatte, von einem perlmuttfarbenen Mercedes SLK. Lessing machte ein, zwei Schritte in die Garage und legte die Hand auf die Motorhaube des Mercedes. Noch leicht warm – der Anwalt war noch nicht lange daheim. Tief Luft holend schlich Lessing weiter, auf die einzige weiterführende Tür zu, die direkt vor der Schnauze des SUV lag.

Nach Lessings Anruf war Charlotte Mendelssohn unschlüssig in der Wohnung auf und ab gelaufen und hatte die Einkäufe in Kühlschrank und Küchenschränke verteilt. Dann hatte sie sich Handy und Autoschlüssel geschnappt und sich in ihren Ford Ka geschwungen. Sie hatte das nagende Gefühl, dass der nette dicke Mann in Gefahr war, und es durfte nicht noch einem sympathischen Menschen aus ihrem Umfeld etwas zustoßen. Ein letzter Blick auf den Notizzettel, auf dem sie sich die ihr von Lessing genannte Adresse notiert hatte, und Charly war unterwegs.

Lessings schwerer Körper war schweißgebadet, als er an der weiterführenden Tür ankam. Er hatte krampfhaft versucht, sich leise zu bewegen. Nervosität und die Angst, ertappt zu werden, wühlten in ihm. Er nahm den letzten Rest seines Mutes zusammen, öffnete die Tür – und stand in einem Raum, mit dem er im Traum nicht gerechnet hatte: auf einer Fechtbahn!

Der Hausherr stand in voller Fechtsportmontur inklusive Maske am rechten Rand der Planche und tat nicht besonders überrascht. Er hob den Säbel, den er in der Hand hatte, zum spöttischen Gruß und sagte: „Herr Lessing. Ich habe befürchtet und gehofft zugleich, dass wir uns wiedersehen würden."

„Ich wollte Ihnen Gelegenheit geben, sich für die Sache mit meinem Auto zu entschuldigen", sagte Lessing mit gespieltem Mut und betrat den Raum.

„Entschuldigen, soso … fechten Sie?", fragte von Bahrenfeld.

Klar, dachte Lessing. Studentenverbindung. Farbentragend und schlagend. Laut sagte er: „Ich verabscheue Waffen jeglicher Art, selbst wenn sie nur als Sportgeräte dienen."

„Memme", konstatierte von Bahrenfeld und wirbelte in einer Reihe von Attacken auf ihn zu, ihn ständig mit dem Säbel bedrohend. Lessing wich zurück, schlug einen Halbkreis, dachte, wie bizarr es war, den Anwalt durch die Fechtmaske so jeglicher Mimik beraubt zu sehen – und wurde sich dann der entsetzlichen Tatsache bewusst, dass von Bahrenfeld nun zwischen ihm und der Fluchttür stand, den Säbel abermals erhoben.

Dann krachte der Säbel auf seinen Unterarm. Ein durchdringender Schmerz ließ diesen ertauben. Sicher, Sportwaffen waren nicht zum Kampf gedacht – aber dieser Säbel war schwer, tat weh … ein blauer Fleck war das Mindeste, was er davontragen würde.

Wieder kam von Bahrenfeld auf ihn zu. Was konnte er tun? Panik vernebelte sein Denken.

„Sie werden diesen Raum nicht lebend verlassen, Herr Lessing."

Bamm.

Der Säbel krachte seitlich gegen seinen Kopf, traf Schläfe und Ohr. In Lessings Schädel dröhnte es.

Er stolperte rückwärts und tat in seiner Panik das Einzige, was ihm einfiel. So sinnlos es auch sein mochte: Er drückte den Wahlwiederholungsknopf des Handys in seiner Manteltasche.

„Zu langsam, Lessing."

Zack.

Schmerzlich zog ihm von Bahrenfeld den Säbel über den gut gepolsterten Bauch.

„Er wird mich töten", begriff Lessing. „Der Kerl wird mich umbringen. Das war's."

Das Handy auf dem Beifahrersitz der jungen Cellistin klingelte. Ohne hinzusehen nahm sei das Gespräch an und schaltete auf Lautsprecher. Was sie zu hören bekam, trieb ihr das kalte Grausen in den Nacken.

Charlotte Mendelssohn gab Vollgas.

Magnus von Bahrenfeld hob seine Klinge in einem spöttischen Salut senkrecht an seine Maske. „Sie haben im Ernst gedacht, Sie könnten mir Knüppel zwischen die Beine werfen, was, Lessing?“

Der Germanist sah sich panisch um. Ein Regal mit Pokalen, ein Spind, die Planche …nichts, was ihm unmittelbar weiterhalf.

Ausfallschritt. Noch einer. Lessing taumelte rückwärts, sein Absatz verfing sich in etwas – und er krachte schwer zu Boden. Während er zappelnd wie ein Maikäfer auf dem Rücken lag, sprang der agile Anwalt elegant über ihn hinweg; in hohem Bogen sauste die Klinge herab und krachte in Lessings Rippen. Der rang entsetzt nach Luft. Da war sie wieder … diese Enge in der Brust … Lessing japste und begann, rot anzulaufen.

„Keine Chance, Lessing. Während wir hier Katz und Maus spielen, sind meine Getreuen auf dem Weg durch das Labyrinth unter Mannheim, in dem Sie ja auch schon herum gestolpert sind … na los, Sie armseliger Fettsack, auf die Beine mit ihnen.“

Lessing kam aus schierer Willenskraft auf die Beine. Sein Herz hämmerte in seinem Brustkorb, als wolle es ihn sprengen. Er bekam keine Luft, blieb halb gebückt stehen, die Hände auf die Knie gestützt.

Zack.

Der Säbel brach ihm die Nase; Blut spritzte.

„Wissen Sie“, fuhr von Bahrenfeld ungerührt fort, „Sie hatten nicht ganz unrecht. Mein Großvater hatte im Dritten Reich die Chance, einiges an jüdischem Vermögen zu verstecken –

und heute Nacht bergen meine Jungs es, und dann ist Tag X ganz nah. Sie hatten Ihre Chance, Lessing."

* * *

Charlotte Mendelssohn war fast am Ziel, doch nun hatte sie etwas gehört, was sie weitermelden musste. Sie unterbrach die Verbindung, parkte in der Nähe der Villa von Bahrenfelds und rief die Polizei in Mannheim an. Im Reden hastete sie weiter.

* * *

„Tja … Sie haben sich in Dinge eingemischt, die Sie nichts angehen, und das ist die Quittung."

Lessing war viel zu atemlos, um etwas zu erwidern.

Ausfallschritt.

Lessing wich zurück, stolperte über die eigenen Füße und schlug erneut hin.

Ich habe keine Kraft, wieder aufzustehen, wurde ihm grauenhaft klar. So also endet es …

Magnus von Bahrenfeld setzte ihm, eine perfekt elegante Haltung annehmend, die Spitze des Säbels genau auf den Kehlkopf.

„Sportwaffen", dozierte er, „sind nicht dazu ausgelegt, den Gegner zu verletzen. Ich bin aber sehr sicher, dass ich Sie mit diesem Säbel töten kann, Herr Lessing. Warum machen wir nicht die Probe aufs Exe…"

Ein hässliches, krachendes Geräusch ertönte. Von Bahrenfelds Fechtmaske verrutschte leicht. Dann brach er lautlos vorwärts zusammen, wobei der abrutschende Säbel eine hässliche Querschramme auf Lessings Kehle hinterließ.

Sein Hinterkopf war eine blutige Masse.

„Das ist für Ira, du Arschloch", flüsterte Charlotte Mendelssohn, die hinter ihm stand. Sie hielt den Fechtpokal, mit dessen massivem Marmorsockel sie dem Anwalt den Schädel eingeschlagen hatte, mit beiden Händen umklammert und atmete schwer.

Zu erschöpft, um aufzustehen, rollte sich Leo Lessing auf die Seite und legte zwei Finger an die Halsschlagader des Mannes in der Fechtmontur. Er sah Charly an und schüttelte lediglich den Kopf.

„Ich … habe ihn getötet“, flüsterte die Cellistin, der langsam das Ausmaß und die Konsequenzen ihrer Handlungen bewusst wurden.

„Das wird man Ihnen niemals nachweisen können“, antwortete Lessing. Mit letzter Kraft wuchtete er sich hoch, zückte sein Taschentuch und wischte den Pokal sorgfältig ab, ehe er ihn selbst ausgiebig befingerte. „Keine Beweise – keine Straftat. Jetzt gehen Sie rasch – Sie waren nie hier.“

Der Tod ist ein Meister aus Deutschland – ein doppelter Epilog –

I

Noch in derselben Nacht nahm ein mobiles Einsatzkommando in dem Ganglabyrinth unter dem Nationaltheater gut zwei Dutzend polizeibekannte Neonazis aus dem gesamten Bundesgebiet fest, die dort unten eine Backsteinmauer durchbrochen hatten, um über einen hinter dieser liegenden, langen Gang in eine gemauerte und mit einer doppelten Stahltür gesicherte Kammer zu gelangen. Von dort hatten sie Munitionskisten aus dem Zweiten Weltkrieg geholt, die mit Gold, Schmuck, Gemälden und anderen Wertsachen vollgestopft waren. Der Wert dieses Horts wurde später auf rund 11 Millionen Euro geschätzt.

Während dieser Einsatz lief, rief Leo Lessing im Polizeipräsidium Mannheim an und erstattete bei Kommissarin Judith von Reichenbach Selbstanzeige wegen Körperverletzung mit Todesfolge in Notwehr. Die Ermittlungen liefen ein paar Tage, weil es am Tatort und in Lessings Aussagen ein paar Ungereimtheiten gab, wurden dann aber eingestellt. Gegen Lessing wurde kein offizielles Verfahren eröffnet.

Als alles ausgestanden war, tat Lessing, was er immer in solchen Fällen zu pflegte: Er ging essen. Es war seine Art, dem Leben Reverenz zu erweisen.

Im *Marly* gab es unter anderem wieder seinen geliebten, lauwarmen Oktopussalat. Nur war es dieses Mal wärmer als bei seinem letzten Besuch.

Ihm gegenüber saß auch diesmal seine beste platonische Freundin, die honigblonde Psychologin mit der Praxis in der Oststadt. Ihr berichtete er haarklein von den Ereignissen seit ihrem letzten Zusammentreffen. Sie hörte wie immer aufmerksam zu, kommentierte nichts, sagte nichts, richtete nicht.

Als er geendet hatte, reagierte sie auf eine Weise, mit der Leo nicht gerechnet hatte: Sie aß einfach weiter, ohne ein einziges Wort über das Gehörte zu verlieren. Offenbar musste sie die Geschichte erst einmal verdauen.

„Nun?“, hakte Leo Lessing nach. „Was meinst du?“

Sie zuckte die Achseln.

„Ich weiß“, grinste Lessing plötzlich. „Dir fehlt das – das Adrenalin, die Verbrecherjagd, das Kombinieren …“

„Ganz sicher nicht“, entgegnete sie ernst. „Du magst ja in vielerlei Hinsicht ganz unvergleichlich sein, Leo, aber das Psychologisieren überlass mal besser mir.“

Eine Weile aßen sie schweigend. Dann redeten sei über dieses und jenes, über Gott und die Welt, mieden aber das Thema Kriminalfälle. Erst beim Espresso sah der beleibte Germanist sein schönes Gegenüber scharf über den Rand seiner kleinen, weißen Porzellantasse hinweg an. „Bist du sicher, dass du das, was ich dir erzählt habe, nicht im Grunde deines Herzens faszinierend fandest und es kaum erwarten kannst, selbst mal wieder ermittlerisch tätig zu werden?“

„Ach, vielleicht irgendwann einmal“, sagte die Wölfin.

Dann trank sie ihren Espresso aus und zwinkerte ihrem besten Freund schelmisch zu.

II

Die Leiche Franz Timmermanns wurde am 21. April auf Höhe der Popakademie aus dem Verbindungskanal gezogen. Aufgrund von Fischfraß und dem Kontakt mit mindestens einer Schiffsschraube war sie in keinem guten Zustand, was die Identifikation zunächst erschwerte.

Bereits in der Nacht vom 16. auf den 17. 4. 2012 starb auf der Palliativstation des Universitätsklinikums Mannheim Daniel Mendelssohn. An seinem Bett saß nur seine letzte lebende Verwandte, seine jüngere Enkelin Charlotte Mendelssohn.

Charly ließ ihre Müdigkeit einfach nicht gelten. Sie hielt die Hand des alten Mannes, bis es ganz vorbei war. Er hatte zu diesem Zeitpunkt seit 45 Stunden nichts mehr gegessen oder getrunken. Unter Iras Papieren hatte Charly eine Vollmacht gefunden, die die Entscheidungsgewalt über das Wohl und Wehe ihres Großvaters ihr, Charly, übertrug, für den Fall, dass der älteren Schwester etwas zustieße. Deshalb war es ihr möglich gewesen, das Legen einer Magensonde und die künstliche Ernährung abzulehnen.

Sie wusste, das war im Sinne ihres Großvaters.

In den Tagen seit ihrer Rückkehr aus Weinheim und bevor der alte Mann in einen Dämmerschlaf verfallen war, aus dem er nicht mehr erwachte, hatte sie ihm ausführlich von den Ereignissen in der Villa Geßler erzählt. So hatte er vor seinem letzten Atemzug noch einen Triumph gehabt.

In der letzten Nacht hatte sie nur dagesessen und sein liebes, geliebtes, müdes, altes Gesicht angesehen. Sie hatte keine einzige Träne geweint. Es war seit Generationen schon viel zu viel geweint worden in ihrer Familie. Sie sah zu, wie das Leben nach und nach aus ihm wich.

Irgendwann, so gegen viertel vor fünf am Morgen, wusste sie plötzlich, dass soeben der letzte Lebensfunke aus ihm gewichen war. Er war irgendwie leichter geworden; selbst seine Hand, die ihre in den letzten Stunden immer mal wieder kraftlos gedrückt hatte, wog nun kaum noch mehr als ein Flieger aus Papier, der sich in einer lauen Frühsommerbrise zum Horizont aufmachte.

Sie stand auf.

„Lehitra'ot, Opale."

Charlotte Mendelssohn küsste ihren Großvater auf die Stirn und ging.

Die Trauerfeier fand in der Einsegnungshalle des jüdischen Friedhofs statt. Anwesend waren neben Charlotte Leo Lessing, was sie sehr freute, und einige enge Freunde aus dem Nationaltheaterorchester.

Zum Abschluss der Zeremonie erklang ein Lied von Leonard Cohen, dessen Musik Daniel Mendelssohn geliebt hatte.

Es hieß *Going Home*.

Going home
Without my sorrow
Going home
Sometime tomorrow
Going home
To where it's better
Than before

Going home
Without my sorrow
Going home
Sometime tomorrow
Going home
To where it's better
Than before.

Der Autor

Oliver Hoffmann: 1965 in Mannheim geborener bekennender Sohn der Quadratestadt. Studierte Germanistik, Politische Wissenschaft und Medienwissenschaft ebendort. Erfindet Geschichten seit dem Kindergarten. Büchernarr, seit er sich mit vier das Lesen selbst beibrachte, um mehr über „Daktari“ zu erfahren. Arbeitet als Texter und Übersetzer, seit er Geld verdienen muss. Gründer und Leiter des Verlags Feder&Schwert. Zu seinen bisherigen Veröffentlichungen zählen Romane, Bühnenstücke und ein Kindermusical. Hoffmann lebt nach wie vor mit wachsender Begeisterung und entschieden zu vielen Büchern in Mannheim.

www.thetruthsofar.wordpress.com

Leseprobe

„Lieben Sie sie noch?“

Zu seiner eigenen Überraschung hörte er sich sagen: „Sehr: Jeden Tag renne ich den Erinnerungen aus vergangenen, schönen Zeiten hinterher, ohne sie wieder aufleben lassen zu können.“ Mafro nahm einen tiefen Zug und schüttelte traurig den Kopf. Dann fuhr er fort: „Ich kann sie einfach nicht loslassen. Ich hoffe trotz allem immer noch, dass sie irgendwann den ersten Schritt auf mich zugehen wird, und alles wird wieder gut.“

„Warum sollte sie das tun?“, fragte die Fremde nüchtern.

„Hören Sie mal“, fuhr Mafro auf, „schließlich hat sie mich betrogen und nicht umgekehrt …“ Scheiße. Das hatte er nicht sagen wollen.

„Aber das war nicht der Grund, warum sie Sie verließ, oder?“, hakte die Fremde nach. „Es ging nicht um einen unverarbeiteten Vorfall von Untreue.“

‚Unverarbeiteter Vorfall von Untreue. Interessante Formulierung‘, dachte Mafro. Laut sagte er:

„Sie haben recht. Sie … sie ging, weil sie es nicht mehr aushielt mit mir. Mein ... mein Leben ist damals ziemlich aus den Fugen geraten. Ist es immer noch. Aus den Fugen, meine ich.“ Dann, trotzig: „Seither saufe ich … und Sie sehen ja selbst, wie es hier aussieht.“

„Ja“, antwortete sie und schien seltsamerweise amüsiert. „Ich lebe hier in Paris bei einer guten Bekannten, einer Kollegin. Das nächste Mal treffen wir uns dort.“ Eine Kunstpause. Dann: „In Ihrer Personalakte gibt es einen handschriftlichen Vermerk Ihres Dienstvorgesetzten aus jener Zeit. Er erwähnt einen ‚Absturz‘. Um was ging es da?“

„Ich wurde nicht fertig mit dem, was mit einem Freund geschehen war. Genauer gesagt mit meinem besten Freund. Mit meinem toten besten Freund. Mit Kyl."

„Ja, Kyl", sagte sie und hatte plötzlich von irgendwoher ein in schwarzes Leder gebundenes Notizbuch und einen Füllfederhalter in der Hand, der wie alles an ihr sündhaft teuer aussah.

„Genau. Also eigentlich hieß er Kylian Brousse. Er wurde nur 29 Jahre alt. Er arbeitete nicht nur in meinem Team, er war mein bester Freund. In jener Nacht im August rief er mich an, sagte, ich müsste dringend ins 8. Arrondissement kommen, ihn auf den Champs Elysées treffen. Er hätte eine ganz heiße Spur in unserem aktuellen Fall. Ich also hin, parke vor dem Adidas Store und gehe die paar Schritte. Er wollte vor dem *The Travellers* auf mich warten, das ist ein Hotel dort. Ich sah ihn, rief ihn an und ging auf ihn zu, doch dann zischte eine Kugel knapp an meinem Kopf vorbei und traf Kyl an der Schläfe."

„An was für einem Fall waren Sie beide damals dran?", fragte seine Besucherin. Die Spitze ihres Füllers flog über die karierten Notizbuchseiten.

„Das passierte während einer Ermittlungsarbeit an einem bestialischen Mordfall", antwortete Mafro. „Sicher haben Sie davon gelesen – jemand hatte im Frühjahr in den Katakomben eine Studentin zu Tode gesteinigt und mit Blut einen Bibelvers auf ihren Körper geschrieben. Wir haben monatelang ermittelt, ohne eine brauchbare Spur zu finden. Sie können sich vorstellen, wie aufgeregt ich war, als Kyl am Telefon sagte, er habe einen Durchbruch erzielt … und dann jäh ein gedämpfter Knall aus der Ferne, und plötzlich war an Kyls rechter Kopfhälfte überall Blut, und noch bevor der Rettungswagen kam, verblutete er in meinen Armen."

Der Kult-Thriller von Manfred H. Krämer

ISBN Taschenbuch	978-3-927455-84-9
ISBN E-Book EPUB	978-3-86476-504-9
ISBN E-Book PDF	978-3-86476-505-6

Die Thriller-Reihe von Manfred H. Krämer dreht sich um einen bekannten Mannheimer Strafverteidiger. Folgen Sie dem Autor in die glitzernde Welt der internationalen Model-Szene. Das naiv-optimistische junge Mädchen, das in einem Essener Hinterhof ein demütigendes Casting durchleidet, entwickelt sich zu einer Frau, gegen die Skorpione harmlose Kuscheltiere sind.
Die Handlung führt die Leserinnen und Leser von Mailand nach Nordafrika, von Mannheim über ein einsames Schloss im Odenwald bis ins kalifornische Napa Valley. Anna-Sophia Barlow, die „Skorpionin", hat in ihrem Leben immer alles bekommen, was sie sich gewünscht hat.
Bis ihr eines Tages das Wertvollste genommen wurde, dass sie jemals besaß.
Ihre Rache war fürchterlich. Sie werden sie hassen und Sie werden sie lieben. Lesen Sie. Erschrecken Sie.

MaiMarktMord

Ein Mannheimer
Rhein-Neckar-Krimi

**Der neueste
Solo & Tarzan
Krimi**

Solo & Tarzan

ISBN Taschenbuch	978-3-86476-040-2
ISBN E-Book EPUB	978-3-86476-508-7
ISBN E-Book PDF	978-3-86476-509-4

Bizarre Leichenfunde auf dem Mannheimer Maimarkt halten den leitenden Ermittler Hans-Peter Bluhm und seine Kollegen von der Maimarktwache auf Trab und die ganze Kurpfalz in Atem. Solo und Tarzan sind diesmal als Aussteller mit dabei auf Deutschlands größter Verbrauchermesse und werden vom Stand weg von einem weltberühmten Heidelberger Anatomen für Ermittlungen gebucht. Der Mann mit dem schwarzen Hut hat ein wahrhaft eiskaltes Problem! Endlich wieder mit von der Partie: die mittlerweile hochverdient in Pension gegangene Erste Kriminalhauptkommissarin Elke Lukassow samt ihrem inzwischen arg speckig gewordenen Lodenmantel.

Erleben Sie die erfolgreichste Krimi-Reihe der Region in einer neuen Dimension: Hochspannung, schräge Protagonisten und rabenschwarzer Humor, vereint in einem turbulenten Plot und serviert im unverwechselbaren Stil des regionalen Bestsellerautors Manfred H. Krämer.

Kohlemord

Ein Mannheimer
Rhein-Neckar-Krimi

ISBN Taschenbuch	978-3-927455-86-3
ISBN E-Book EPUB	978-3-86476-500-1
ISBN E-Book PDF	978-3-86476-501-8

Ein toter Stadtstreicher in Mannheims feinster Hotelsuite, ein verschwundener Koffer, den seine Eigentümer mit allen Mitteln, Mord nicht ausgeschlossen, wieder in ihren Besitz bringen wollen, ein knorriges Urgestein von Schiffmann auf Kriegspfad gegen die Kohlemafia, Tarzan als Leichtmatrose auf dessen museumsreifem Frachter, Mannheims meistabgemahnter Kommissar Bluhmepeter aus der „Tschäänau“ als Fahnder, das typische Lokalkolorit Mannheims und seiner Häfen als Bühnenbild sowie ein grandioser Showdown im geheimnisumwitterten Bunkerkraftwerk unter den Kohlehalden des GKM:

Das sind die Zutaten für einen Krämer-Krimi der Superlative, das Ergebnis aufwendiger und intensiver Recherche und sprachlicher Eloquenz. Manfred H. Krämer vom Feinsten.

Spargelmord

Ein Rhein-Neckar-Krimi

Solo & Tarzan

ISBN Taschenbuch	978-3-927455-83-2
ISBN E-Book EPUB	978-3-86476-502-5
ISBN E-Book PDF	978-3-86476-503-2

Beschmierte Wände, Brandstiftung und ein versuchter Mord! Wer will mit allen Mitteln verhindern, dass die Lampertheimer Landwirte die romantischen alten Spargelhäuschen abreißen?

Solo und Tarzan, Krämers kultige Ermittler, geraten wieder einmal unfreiwillig zwischen die Fronten.

Birgt eine der maroden Hütten ein grausiges Geheimnis? Tarzan steht kurz davor, dieses Rätsel zu lösen, da wird er plötzlich selbst zur Zielscheibe eines kaltblütigen Mörders.

Ein rasantes Abenteuer rund um die Spargelstadt Lampertheim. - Solo und Tarzan in absoluter Topform!

Mit Bonus für treue Fans:

- Das kleine Lampertheimer Wörterbuch: Loambaddarisch fa Främme.
- Leckere Spargelrezepte

Mordsquilt

Der etwas andere Krämer...

ISBN Taschenbuch	978-3-86476-020-4
ISBN E-Book EPUB	978-3-86476-506-3
ISBN E-Book PDF	978-3-86476-507-0

Fünf Frauen - Fünf Tote.

Unfall? Selbstmord? Herzversagen?

Alle Fäden laufen buchstäblich in Bernardines Stoffstübchen zusammen!

Quilterinnen sind äußerst kreativ. Auch beim Beseitigen untreuer Ehemänner!

Ein rabenschwarzes, herrlich schräges Meisterwerk aus der Feder des Erfolgsautors Manfred H. Krämer.

Desperate Housewives meets Agatha Christie!

„Wo alle Fäden zusammenlaufen,
sitzt entweder ein Gangsterboss oder eine Quilterin."
Maurizia Klawuttke - Giftmörderin

Mord in den besten Kreisen

Der Debütroman

Taschenbuch, 11,7 x 18,7 cm, 288 S.

ISBN: 978-3-86476-004-4

ISBN E-Book EPUB	978-3-86476-602-2
ISBN E-Book PDF	978-3-86476-603-9

Ein Serienkiller wütet in den besten Mannheimer Kreisen und hinterlässt am Tatort und bei den Leichen merkwürdige Hinweise. Der ratlose Kommissar Theobald Wagner, derzeit ohnehin in einer Sinnkrise, kann diese Symbolik nicht enträtseln. Alle Ermittlungen enden in der Sackgasse. Erst die Hinweise einer älteren Dame, der begeisterten Wagnerianerin Elsbeth Winkler, bringen die ins Stocken geratenen Untersuchungen wieder ins Rollen.

Sie glaubt, Parallelen zur Symbolik in Richard Wagners Weihefestspiel „Der Ring des Nibelungen“ entdecken zu können. Da geschieht der nächste Mord und Elsbeth Winkler gerät in die Gewalt des Mörders. Kommissar Wagner ist verzweifelt und wirft alle Bedenken über Bord.

Stefanie Fritzsche (Hrsg.)

Mörderisches Zwingenberg

Anthologie

Tatort Zwingenberg

Heimtückische Morde, listige Verbrechen und außergewöhnliche Aufklärungsansätze – dieses Dutzend mörderischer Krimikurzgeschichten zeigt die ganze Palette des Verbrechens in der sonst so idyllisch erscheinenden ältesten Stadt der hessischen Bergstraße.

Die Sammlung ist das Ergebnis des ersten Zwingenberger Krimiwettbewerbs, bei dem Laienautoren dazu aufgefordert waren, eine kriminalistische Kurzgeschichte mit Bezug auf Land und Leute der Region zu verfassen.

Im Anhang finden sich die Kurzbiografien der Autoren sowie eine Beschreibung der regionalen Tatorte und ihrer Besonderheiten.

Taschenbuch, 224 S.
ISBN 978-3-86476-018-1